문지스펙트럼

한국 문학선
1-009

소설가 구보씨의 일일

박태원 / 최혜실 엮음

문학과지성사

한국 문학선 기획위원 김치수·홍정선·김동식

문지스펙트럼 1-009
소설가 구보씨의 일일

초판 1쇄 1998년 9월 17일
초판 10쇄 2018년 3월 14일

지은이 박태원
엮은이 최혜실
펴낸이 이광호
펴낸곳 ㈜문학과지성사
등록 1993년 12월 16일 등록 제 10-918호
주소 04034 서울 마포구 잔다리로7길 18(서교동 377-20)
전화 02)338-7224
팩스 02)323-4180(편집) 02)338-7221(영업)
전자우편 moonji@moonji.com
홈페이지 www.moonji.com

ISBN 89-320-1024-2
ISBN 89-320-0851-5(세트)

ⓒ 박재영

이 책의 판권은 저작권자와 ㈜문학과지성사에 있습니다.
양측의 서면 동의 없는 무단 전재 및 복제를 금합니다.

소설가 구보씨의 일일

기획의 말

 작가 박태원은 여러모로 한국 근대 문학사에 기억될 만한 인물이다. 그는 다양한 문학적 실험이 이루어진 1930년대에, 「소설가 구보씨의 일일」 등의 작품을 써 이상·김기림 등과 더불어 당대 제일의 모더니즘 소설가가 되었고 해방 후에는 역사소설로 방향을 돌려 『갑오농민전쟁』이라는 대하역사소설을 썼다.
 1930년대는 한국 근대사와 문학사에서 대단히 중요하면서도 미묘한 시기라 할 수 있다. 1920년대까지 한국은 일본 산업의 원료 공급지로 활용되었으나 일본이 대륙 침략을 꿈꾸면서부터 기지로서의 중요성이 부각되있다. 이에 따라 한국의 본격적인 산업화가 시작되었고 경성·평양·부산 등이 도시화되었다. 정치적으로는 억압의 상황이 더해가면서 외관상으로는 도시화·근대화가 이루어지는 상황, 이 복잡한 시대 상황에 대응해서 한국의 근대 문학에는 프로 문학·리얼리즘 문학·모더니즘 문학 등의 다양한 기법과 이론이 시험되고 작품도 질적으로나 양적으로 풍부해졌다.

박태원은 모더니즘의 문학 경향을 유지하면서도 이런 다양한 기법을 그의 작품에 성공적으로 끌어안았다. 그는 문학의 자율성과 예술성을 강조하면서도 소설의 재미를 잊지 않았고, 그 속에 1930년대 경성의 문제점과 지식인의 고뇌를 예술적으로 빚어낼 줄 알았다. 해방 후에는 일제의 잔재 극복과 새로운 민족 국가를 건설하려는 시대 분위기에 동조하여 역사소설로 눈을 돌린다. 또 월북하여서는 해방 전과는 전혀 다른 방향의 작품 활동을 하였다.

실로 박태원만큼 한국 문학사, 외부로부터 불어온 역사의 회오리바람에 휩쓸리지 않으면서도 그것을 내면화한 작가도 없을 것이다. 그는 1930년대 한국의 도시화 현상 속의 모더니티를 누구보다도 먼저 포착하였으며 다양한 경향을 아우르는 유연성을 보였다. 그가 월북하여 썼던 역사소설은 그 어떤 다른 북한 소설보다도 이념에 집착하지 않고 그 시대의 진실에 충실하였음을 보인다.

그의 장기는 어떤 특정한 것 — 이념이나 기법, 창작 방법론 등에 구애됨 없이 다양하게 현실의 진실을 드러낸다는 것이다. 따라서 해방 전의 특성이 해방 후의 경향을 부정하지 않고 해방 후의 변모가 해방 전 작품의 진가를 바래지 않는다.

이런 작가적 역량에도 불구하고 박태원은 최근까지 월북 작가라는 제약으로 문학 연구에서 소홀히되어왔다. 이제는 박태원 작품의 폭넓은 기량을 엿보면서 문학의 자율성과 실천의 문제, 모더니즘과 리얼리즘의 의미를 다시금 되짚어야 할 때가 온 것 같다.

 이 책에 실린 작품 중 「소설가 구보씨의 일일」과 「방란장 주인」은 지식인 및 예술가들의 일상과 자의식을 모더니즘 기법으로 그린 작품이며 「딱한 사람들」과 「성탄제」는 각각 실업자와 여급의 애환을 일상적 삶 속에서 드러내고 있다. 「최노인전 초록」과 「춘보」는 험난한 시대를 살아낸 서민들의 역경을 보여준 소설로 작가의 후기 장편역사소설의 단초를 보여준다. 이 6편의 소설들에서 독자들이 예술가소설, 서민의 일상을 그린 소설, 역사소설의 세 부류가 실상은 어떤 필연성을 가지고 연결되어 있음을 느끼기 바란다.

1998년 9월
기획위원

차례

기획의 말 / 7

소설가 구보씨의 일일 / 13
딱한 사람들 / 90
방란장 주인 / 113
성탄제 / 125
최노인전 초록 / 140
춘보 / 153

해 설
이념을 아우르는 문학 의식 • 최혜실 / 182

작가 연보 / 195
원문 출처 / 203

소설가 구보씨의 일일

 어머니는 아들이 제 방에서 나와, 마루 끝에 놓인 구두를 신고, 기둥 못에 걸린 단장을 꺼내들고, 그리고 문간으로 향하여 나가는 소리를 들었다.
 "어디, 가니?"
 대답은 들리지 않았다.
 중문 앞까지 나간 아들은, 혹은, 자기의 한 말을 듣지 못하였는지도 모른다. 또는, 아들의 대답 소리가 자기의 귀에까지 이르지 못하였는지도 모른다. 그 둘 중의 하나라고 생각한 어머니는 이번에는 중문 밖에까지 들릴 목소리를 내었다.
 "일찌거니, 들어오너라."
 역시, 대답은 들리지 않았다.
 중문이 소리를 내어 열려지고, 또 소리를 내어 닫혀졌다. 어머니는 얇은 실망을 느끼려는 자기 자신을 스스로 위로하려 한다. 중문 소리만 크게 나지 않았더면, 아들의 "네!" 소리를, 혹은 들을 수 있었을지도 모른다.

어머니는 다시 바누질을 하며, 대체, 그애는, 매일, 어딜, 그렇게, 가는, 겐가, 하고 그런 것을 생각하여본다.

직업과 아내를 갖지 않은, 스물여섯 살짜리 아들은, 늙은 어머니에게는 온갖 종류의, 근심, 걱정거리였다. 우선, 낮에 한번 집을 나서면, 아들은 밤늦게나 되어 돌아왔다.

늙고, 쇠약한 어머니는, 자리도 깔지 않고, 맨바닥에가, 팔을 괴고 누워, 아들을 기다리다가 곧잘 잠이 든다. 편안하지 못한 잠은, 두 시간씩 세 시간씩 계속될 수 없다. 잠깐 잠이 들었다, 깰 때마다, 어머니는 고개를 들어 아들의 방을 바라보고, 그리고, 기둥에 걸린 시계를 쳐다본다.

자정 ─ 그리 늦지는 않았다. 이제 아들은 돌아올 게다. 어머니는 아들이 어서 돌아와지라 빌며, 또 어느 틈엔가 꼬빡 잠이 든다.

그가 두번째 잠을 깨는 것은 새로 한점 반이나, 두점, 그러한 시각이다. 아들의 방에는 그저 불이 켜 있다.

아들은 잘 때면 반드시 불을 끈다. 그러나, 혹은, 어느 틈엔가 아들은 돌아와, 자리에 누워 책이라도 읽고 있는 게 아닐까. 아들에게는 그런 버릇이 있다.

어머니는 소리 안 나게 아들의 방 앞에까지 걸어가 가만히 안을 엿듣는다. 마침내, 어머니는 방문을 열어보고, 입때 웬일일까, 흐젓한 얼굴을 하고, 다시 방문을 닫으려다 말고, 방 안으로 들어온다.

나이찬 아들의, 기름과 분 냄새 없는 방이, 늙은 어머니에게는 애닯었다. 어머니는 초저녁에 깔아놓은 채 그대로 있는, 아들의 이부자리와 베개를 바로 고쳐놓고, 그리고 그 옆에가 앉아본다.

 스물여섯 해를 길렀어도 종시 마음이 놓이지 않는 것은 자식이었다. 설혹 스물여섯 해를 스물여섯 곱하는 일이 있다더라도, 어머니의 마음은 늘 걱정으로 차리라. 그래도 어머니는 그가 작은며느리를 보면, 이렇게 밤늦게 한 가지 걱정을 덜 수 있으리라 생각한다.

"참 이애는 왜 장가를 들려구 안 하는 겐구."

 언제나 혼인말을 꺼내면, 아들은 말하였다.

"돈 한푼 없이 어떻게 기집을 먹여살립니까?"

 허지만…… 어떻게 도리야 있느니라. 어디 월급쟁이가 되더래두, 두 식구 입에 풀칠이야 못 헐라구……

 어머니는 어디 월급 자리라도 구할 생각은 없이, 밤낮으로, 책이나 읽고 글이나 쓰고, 혹은 공연스레 밤중까지 쏘다니고 하는 아들이, 보기에 딱하고, 또 답답하였다.

"그래두 장가를 들어놓으면 맘이 달러지지."

"제 계집 귀여운 줄 알면, 자연, 돈벌 궁릴 하겠지."

 작년 여름에 아들은 한 '색시'를 만나본 일이 있다. 그애면, 저두 싫다구는 않겠지. 이제 이놈이 들어오거든 단단히 다져보리라…… 그리고 어머니는 어느 틈엔가 손주 자식을 눈앞에 그려보기조차 한다.

 아들은 그러나, 돌아와, 채 어머니가 무어라고 말할 수 있기 전에, 입때 안 주무셨에요, 어서 주무세요, 그리고 자리옷으로 갈아입고는 책상 앞에 앉아, 원고지를 펴논다.
 그런 때 옆에서 무슨 말이든 하면, 아들은 언제든 불쾌한 표정을 지었다. 그것은 어머니의 마음을 아프게 한다. 그래, 어머니는 가까스로, 늦었으니 어서 자거라, 그걸랑 낼 쓰구…… 한마디를 하고서 아들의 방을 나온다.
 "얘기는 낼 아침에래두 허지."
 그러나 열한점이나 오정에야 일어나는 아들은, 그대로 소리없이 밥을 떠먹고는 나가버렸다.
 때로, 글을 팔아 몇 푼의 돈을 구할 수 있을 때, 그 어느 한 경우에, 아들은 어머니를 보고, 무어 잡수시구 싶으신 거 없에요, 그렇게 묻는 일이 있었다.
 어머니는 직업을 가지지 못한 아들이, 그래도 어떻게 몇 푼의 돈을 만들어, 자기에게 그런 말을 할 수 있는 것을 신기하게 기뻐하였다.
 "어서 내 생각 말구, 네 양말이나 사 신거라."
 그러면, 아들은, 으레, 제 고집을 세웠다. 아들의 고집 센 것을, 물론 어머니는 좋게 생각 안 했다. 그러나 이러한 경우라면, 아들이 고집을 세우면 세울수록 어머니는 만족하였다.

어머니의 사랑은 보수를 원하지 않지만, 그래도 자식이 자기에게 대한 사랑을 보여줄 때, 그것은 어머니를 기쁘게 하여준다.

대체 무얼 사줄 테냐. 무어든 어머니 마음대루. 먹는 게 아니래두 좋으냐. 네—. 그래 어머니는 에누리 없이 욕망을 말해본다.

"너, 나, 치마 하나 해주려므나."

아들이 흔연히 응낙하는 걸 보고,

"네 아주멈은 무어 안 해주니?"

아들은 치마 두 감의 가격을 묻고, 그리고 갑자기 엄숙한 얼굴을 한다. 혹은 밤을 새우기까지 하여 아들이 번 돈은 결코 대단한 액수의 것이 아니었다. 그래, 어머니는 말한다.

"그럼 네 아주멈이나 해주렴."

아들은, 아니에요, 넉넉해요. 갖다 끊으세요. 그리고 돈을 내놓았다.

어머니는, 얼마를 주저한다. 그러나, 마침내, 그는 가장 자랑스러이 돈을 집어들고, 얘애 옷감 바꾸러 나가자, 아재비가 치마 허라구 돈을 주었다. 네 아재비가…… 그렇게 건넌방에서 재봉틀을 놀리고 있던 맏며느리를 신기하게 놀래어준다.

치마가 되면, 어머니는 그것을 입고, 나들이를 하였다.

일갓집 대청에가 주인 아낙네와 마주앉아, 갓난애같이 어머니는 치마 자랑할 기회를 엿본다. 주인 마누라가, 섣불리, 참, 치마 좋은 거 해입으셨구먼, 이라고나 한다면, 어머니는 서슴지 않고,

"이거 내 둘째아이가 해준 거죠. 제 아주멈해하구, 이거하구……"

이렇게 묻지도 않은 말을 하였다. 어머니는 그것이 아들의 훌륭한 자랑거리라 생각하였다. 자식을 자랑할 때, 어머니는 얼마든지 뻔뻔스러울 수 있다.

그러나 그런 일은 늘 있을 수 없다. 어머니는 역시, 글을 쓰는 것보다는 월급쟁이가 몇 갑절 낫다고 생각하고, 그리고 그렇게 재주 있는 내 아들은 무엇을 하든 잘하리라고 혼자 작정해버린다. 아들은 지금 세상에서 월급 자리 얻기가 얼마나 힘든 것인가를 말한다. 허지만, 보통학교만 졸업하고도, 고등학교만 나오고도, 회사에서 관청에서 일들만 잘하고 있는 것을 알고 있는 어머니는, 고등학교를 졸업하고도, 또 동경엘 건너가 공부하고 온 내 아들이, 구하여도 일자리가 없다는 것이 도무지 믿어지지가 않았다.

구보(仇甫)는 집을 나와 천변길을 광교로 향하여 걸어가며, 어머니에게 단 한마디 "네!" 하고 대답 못 했던 것을 뉘우쳐본다. 하기야 중문을 여닫으며 구보는 "네!" 소리를 목구멍까지 내어보았던 것이나 중문과 안방과의 거리는 제법

큰 소리를 요구하였고, 그리고 공교롭게 활짝 열린 대문 앞을, 때마침 세 명의 여학생이 웃고 떠들며 지나갔다.

그렇더라도 대답은 역시 하여야만 하였었다고, 구보는 어머니의 외로워할 때의 표정을 눈앞에 그려본다. 처녀들은 어느 틈엔가 그의 시야에서 사라졌다.

구보는 마침내 다리 모퉁이에까지 이르렀다. 그의 일 있는 듯싶게 꾸미는 걸음걸이는 그곳에서 멈추어진다. 그는 어딜 갈까, 생각하여본다. 모두가 그의 갈 곳이었다. 한 군데라 그가 갈 곳은 없었다.

한낮의 거리 위에서 구보는 갑자기 격렬한 두통을 느낀다. 비록 식욕은 왕성하더라도, 잠은 잘 오더라도, 그것은 역시 신경 쇠약에 틀림없었다.

구보는 떠름한 얼굴을 하여본다.

후 박(臭剝)	4, 0
후 나(臭那)	2, 0
후 안(臭安)	2, 0
약 정(若丁)	4, 0
수(水)	200, 0
일일 삼회분복(三回分服)	이일분

그가 다니는 병원의 젊은 간호부가 반드시 '삼비스이'라고

발음하는 이 약은 그에게는 조그마한 효험도 없었다.

 그러자 구보는 갑자기 옆으로 몸을 비킨다. 그 순간 자전거가 그의 몸을 가까스로 피하여 지났다. 자전거 위의 젊은이는 모멸 가득한 눈으로 구보를 돌아본다. 그는 구보의 몇 칸통 뒤에서부터 요란스레 종을 울렸던 것임에 틀림없었다. 그것을 위험이 박두하였을 때에야 비로소 몸을 피할 수 있었던 것은 반드시 그가 '3B수(水)'의 처방을 외우고 있었기 때문만이 아니었다.

 구보는 자기의 왼편 귀 기능에 스스로 의혹을 갖는다. 병원의 젊은 조수는 결코 익숙하지 못한 솜씨로 그의 귓속을 살피고, 그리고 대담하게도 그 안이 몹시 불결한 까닭 외에 아무 이상이 없다고 선언하였었다. 한 덩어리의 '귀지'를 갖기보다는 차라리 4주일 간 치료를 요하는 중이염을 앓고 싶다, 생각하는 구보는, 그의 선언에 무한한 굴욕을 느끼며, 그래도 매일 신경질하게 귀 안을 소제하였었다.

 그러나, 구보는 다행하게도 중이질환을 가진 듯싶었다. 어느 기회에 그는 의학사전을 뒤적거려보고, 그리고 별까닭도 없이 자기는 중이가답아(中耳加答兒)에 걸렸다고 혼자 생각하였다. 사전에 의하면 중이가답아에는 급성급만성(急性及慢性)이 있고, 만성중이가답아는 또다시 이를 만성건성 및 만성습성의 이자(二者)로 나눈다 하였는데, 자기의 이질은 그 만성습성의 중이가답아에 틀림없다고 구보는 작정하고 있었다.

 그러나 부실한 것은 그의 왼쪽 귀뿐이 아니었다. 구보는 그의 바른쪽 귀에도 자신을 갖지 못한다. 언제든 쉬이 전문의를 찾아보아야겠다고 생각은 하면서도, 일년이나 그대로 내버려둔 채 지내온 그는, 비교적 건강한 그의 바른쪽 귀마저, 또 한편 귀의 난청 보충으로 그 기능을 소모시키고, 그리고 불원한 장래에 '듄케르 청장관(廳長管)'이나 '전기 보충기'의 힘을 빌리지 않으면 안 될지도 모른다.

 구보는 갑자기 걸음을 걷기로 한다. 그렇게 우두커니 다리 곁에 가서 있는 것의 무의미함을 새삼스러이 깨달은 까닭이다. 그는 종로 네거리를 바라보고 걷는다. 구보는 종로 네거리에 아무런 사무도 갖지 않는다. 처음에 그가 아무렇게나 내어놓았던 바른발이 공교롭게도 왼편으로 쏠렸기 때문에 지나지 않는다.

 갑자기 한 사람이 나타나 그의 앞을 가로질러 지난다. 구보는 그 사나이와 마주칠 것 같은 착각을 느끼고, 위태롭게 걸음을 멈춘다.

 그리고 다음 순간, 구보는, 이렇게 대낮에도 조금의 자신을 가질 수 없는 자기의 시력을 저주한다. 그의 코 위에 걸려 있는 이십사 도의 안경은 그의 근시를 도와주었으나, 그의 망막에 나타나 있는 무수한 맹점을 제거하는 재주는 없었다.

총독부 병원 시대의 구보의 시력 검사표는 그저 그 우울한 '안과 재래(再來)'의 책상 서랍 속에 들어 있을지도 모른다.

    R, 4 L, 3

구보는, 이주일 간 열병을 앓은 끝에, 갑자기 쇠약해진 시력을 호소하러 처음으로 안과의와 대하였을 때의, 그 조그만 테이블 위에 놓여 있던 '시야 측정기'를 지금 기억하고 있다. 제 자신(自身) 강도(强度)의 안경을 쓰고 있던 의사는, 백묵을 가져, 그 위에 용서 없이 무수한 맹점을 찾아내었다.

그래도, 구보는, 약간 자신이 있는 듯싶은 걸음걸이로 전차 선로를 두 번 횡단하여 화산상회 앞으로 간다. 그리고 저도 모를 사이에 그의 발은 백화점 안으로 들어서기조차 하였다.

젊은 내외가, 네댓 살 되어 보이는 아이를 데리고 그곳에 가 승강기를 기다리고 있었다. 이제 그들은 식당으로 가서 그들의 오찬을 즐길 것이다. 흘낏 구보를 본 그들 내외의 눈에는 자기네들의 행복을 자랑하고 싶어하는 마음이 엿보였는지도 모른다. 구보는, 그들을 업신여겨볼까 하다가, 문득 생각을 고쳐, 그들을 축복하여주려 하였다. 사실, 사오 년 이상을 같이 살아왔으면서도, 오히려 새로운 기쁨을 가져 이렇게 거리로 나온 젊은 부부는 구보에게 좀 다른 의미로서의 부러움을 느끼게 하였는지도 모른다. 그들은 분명히 가정을 가졌고, 그리고 그들은 그곳에서 당연히 그들의 행복을 찾을 게다.

 승강기가 내려와 서고, 문이 열려지고, 닫혀지고, 그리고 젊은 내외는 수남(壽男)이나 복동이와 더불어 구보의 시야를 벗어났다.

 구보는 다시 밖으로 나오며, 자기는 어데가 행복을 찾을까 생각한다. 발 가는 대로, 그는 어느 틈엔가 안전 지대에 가 서서, 자기의 두 손을 내려다보았다. 한 손의 단장과 또 한 손의 공책과──물론 구보는 거기에서 행복을 찾을 수는 없다.

 안전 지대 위에, 사람들은 서서 전차를 기다린다. 그들에게, 행복은 알 수 없다. 그러나 그들은 분명히, 갈 곳만은 가지고 있었다.

 전차가 왔다. 사람들은 내리고 또 탔다. 구보는 잠깐 멍하니 그곳에 서 있었다. 그러나 자기와 더불어 그곳에 있던 온갖 사람들이 모두 저 차에 오른다 보았을 때, 그는 저 혼자 그곳에 남아 있는 것에, 외로움과 애닯음을 맛본다. 구보는, 움직이는 전차에 뛰어올랐다.

 전차 안에서 구보는, 우선, 제 자리를 찾지 못한다. 하나 남았던 좌석은 그보다 바로 한걸음 먼저 차에 오른 젊은 여인에게 점령당했다. 구보는, 차장대 가까운 한구석에가 서서, 자기는 대체, 이 동대문행 차를 어디까지 타고 가야 할 것인가를, 대체 어느 곳에 행복은 자기를 기다리고 있을 것인가를 생각해본다.

이제 이 차는 동대문을 돌아 경성운동장 앞으로 해서…… 구보는, 차장대, 운전대로 향한, 안으로 파란 융을 받쳐대인 창을 본다. 전차과(電車課)에서는 그곳에 '뉴스'를 게시한다. 그러나 사람들은, 요사이 축구도 야구도 하지 않는 모양이었다.

장충단으로, 청량리로. 혹은 성북동으로. ……그러나 요사이 구보는 교외를 즐기지 않는다. 그곳에는, 하여튼 자연이 있었고, 한적(閑寂)이 있었다. 그리고 고독조차 그곳에는, 준비되어 있었다. 요사이, 구보는 고독을 두려워한다.

일찍이 그는 고독을 사랑한 일이 있었다. 그러나 고독을 사랑한다는 것은 그의 심경의 바른 표현은 못 될 게다. 그는 결코 고독을 사랑하지 않았는지도 모른다. 아니 도리어 그는 그것을 그지없이 무서워하였는지도 모른다. 그러나 그는 고독과 힘을 겨누어, 결코 그것을 이겨내지 못하였다. 그런 때, 구보는 차라리 고독에게 몸을 떠맡기어버리고, 그리고, 스스로 자기는 고독을 사랑하고 있는 것이라고 꾸며왔는지도 모를 일이다.

표, 찍읍쇼— 차장이 그의 앞으로 왔다. 구보는 단장을 왼팔에 걸고, 바지 주머니에 손을 넣었다. 그러나 그가 그 속에서 다섯 닢의 동전을 골라내었을 때, 차는 종묘 앞에 서고,

그리고 차장은 제자리로 돌아갔다.

구보는 눈을 떨어뜨려, 손바닥 위의 다섯 닢 동전을 본다. 그것들은 공교롭게도, 모두가 뒤집혀 있었다. 대정 십일년. 십일년. 십일년. 십이년. 팔년. 십이년——, 구보는 그 숫자에서 어떤 한 개의 의미를 찾아내려 들었다. 그러나 그것은 부질없는 일이었고, 그리고 또 설혹 그것이 무슨 의미를 가지고 있었다 하더라도, 그것은 적어도 '행복'은 아니었을 게다.

차장이 다시 그의 옆으로 왔다. 어디를 가십니까. 구보는 전차가 향하여 가는 곳을 바라보며 문득 창경원에라도 갈까, 하고 생각한다. 그러나 그는 차장에게 아무런 사인도 하지 않았다. 갈 곳을 갖지 않은 사람이, 한번, 차에 몸을 의탁하였을 때, 그는 어디서든 섣불리 내릴 수 없다.

차는 서고, 또 움직였다. 구보는 창밖을 내어다보며, 문득, 대학병원에라도 들를 것을 그랬나 하여본다. 연구실에서, 벗은, 정신병을 공부하고 있었다. 그를 찾아가, 좀 다른 세상을 구경하는 것은, 행복은 아니어도, 어떻든 한 개의 일일 수 있다.

구보가 머리를 돌렸을 때, 그는 그곳에 지금 마악 차에 오른 듯싶은 한 여성을 보고, 그리고 신기하게 놀랐다. 집에 돌아가, 어머니에게 오늘 전차에서 '그 색시'를 만났죠 하면, 어머니는 응당 반색을 하고, 그리고 '그래서 그래서,' 뒤를 캐어물을 게다. 그가 만약, 오직 그뿐이라고라도 말한다면, 어머니는 실망하고, 그리고 그를 주변머리없다고 책(責)할지도 모른다. 그러나 누가 그 일을 알고, 그리고 아들을 졸(拙)하다고라도 말한다면, 어머니는, 내 아들은 원체 얌전해서…… 그렇게 변호할 게다.

구보는 여자와 시선이 마주칠까 겁(怯)하여, 얼토당토않은 곳을 보며, 저 여자는 내가 여기 있는 것을 보았을까, 하고 생각한다.

여자는 혹은, 그를 보았을지도 모른다. 전차 안에, 승객은 결코 많지 않았고, 그리고 자리가 몇 군데 비어 있음에도 불구하고, 구석에가 서 있는 사람이란, 남의 눈에 띄기 쉽다. 여자는 응당 자기를 보았을 게다. 그러나, 여자는 능히 자기를 알아볼 수 있었을까. 그것은 의문이다. 작년 여름에 단 한 번 만났을 뿐으로, 이래 일 년 간 길에서라도 얼굴을 대한 일이 없는 남자를, 그렇게 쉽사리 여자는 알아내지 못할 게다. 그러나, 자기가 기억하고 있는 여자에게, 자기의 기억이 없으리라고 생각하는 것은, 누구에게 있어서든, 외롭고 또 쓸쓸한 일이다. 구보는, 여자와의 회견 당시의 자기의 그 대담한, 혹은 뻔뻔스런 태도와 화술이, 그에게 적지 않이 인상 주었으리라고 생각하고, 그리고 여자는 때때로 자기를 생각하여주고 있었다고 믿고 싶었다.

그는 분명히 나를 보았고 그리고 나를 나라고 알았을 게다. 그러한 그는 지금 어떠한 느낌을 가지고 있을까, 그것이 구보는 알고 싶었다.

그는 결코 대담하지 못한 눈초리로, 비스듬히 두 칸통 떨어진 곳에 앉아 있는 여자의 옆얼굴을 곁눈질하였다. 그리고 다음 순간, 그와 눈이 마주칠 것을 겁하여 시선을 돌리며, 여자는 혹은 자기를 곁눈질한 남자의 꼴을, 곁눈으로 느꼈을지도 모르겠다고, 그렇게 생각하여본다. 여자는 남자를 그 남자라 알고, 그리고 남자가 자기를 그 여자라 안 것을 알고 있을지도 모른다. 이러한 경우에, 나는 어떠한 태도를 취하여야 마땅할까 하고, 구보는 그러한 것에 머리를 썼다. 알은체를 하여야 옳을지도 몰랐다. 혹은 모른체하는 게 정당한 인사일지도 몰랐다. 그 둘 중에 어느 편을 여자는 바라고 있을까. 그것을 알았으면, 하였다. 그러다가, 갑자기, 그러한 것에 마음을 태우고 있는 자기가 스스로 괴이하고 우스워, 나는 오직 요만 일로 이렇게 흥분할 수가 있었던가 하고 스스로를 의심하여보았다. 그러면 나는 마음속 그윽이 그를 생각하고 있었던지도 모르겠다고 생각하여보았다. 그러나 그가 여자와 한 번 본 뒤로, 이래 일 년 간, 그를 일찍이 한번도 꿈에 본 일이 없었던 것을 생각해내었을 때, 자기는 역시 진정으로 그를 사랑하고 있는 것은 아닌지도 모르겠다고, 그러한 생각이 들었다. 만약 그렇다면 자기가 여자의 마음을 헤아려보고, 그리고 이리저리 공상을 달리고 하는 것은, 이를테면, 감정의 모독이었고, 그리고 일종의 죄악이었다.

그러나 만약 여자가 자기를 진정으로 그리고 있다면 —

구보가 여자 편으로 눈을 주었을 때, 그러나, 여자는 자리에서 일어나 양산을 들고 차가 동대문 앞에 정류하기를 기다려 내려갔다. 구보의 마음은 또 한번 동요하며, 창 너머로 여자가 청량리행 전차를 기다리느라, 그곳 안전 지대로 가 서는 것을 보았을 때, 그는 자기도 차에서 곧 내리고 싶은 충동을 느꼈다. 그러나, 여자가 청량리행 전차 속에서 자기를 또 한번 발견하고, 그리고 자기가 일도 없건만, 오직 여자와의 사이에 어떠한 기회를 엿보기 위하여 그 차를 탄 것에 틀림없다는 것을 눈치챌 때, 여자는 그러한 자기를 얼마나 천박하게 생각할까. 그래, 구보가 망설거리는 동안, 전차는 달리고, 그들의 사이는 멀어졌다. 마침내 여자의 모양이 완전히 그의 시야에서 떠났을 때, 구보는 갑자기, 아차, 하고 뉘우친다.

행복은, 그가 그렇게도 구하여 마지않던 행복은, 그 여자와 함께 영구히 가버렸는지도 모른다. 여자는 자기에게 던져줄 행복을 가슴에 품고서, 구보가 마음의 문을 열어 가까이 와주기를 갈망하였는지도 모른다. 왜 자기는 여자에게 좀더 대담하지 못하였나. 구보는, 여자가 가지고 있는 온갖 아름다운 점을 하나하나 헤어보며, 혹은 이 여자말고 자기에게 행복을 약속하여주는 이는 없지나 않을까, 하고 그렇게 생각하였다.

방향판(方向板)을 '한강교'로 갈고 전차는 훈련원을 지났다. 구보는 자리에 앉아, 주머니에서 오전 백동화를 골라 꺼내면서, 비록 한번도 꿈에 본 일은 없었더라도, 역시 그가 자기에게는 유일한 여자가 아닐까 하고 생각하여본다.

자기가, 그를, 그 동안 대수롭지 않게 여겨왔던 것같이 생각하는 것은, 구보가 제 감정을 속인 것에 지나지 않을지도 모른다. 그가 여자를 만나보고 돌아왔을 때, 그는 집에서 아들을 궁금히 기다리고 있던 어머니에게 '그 여자면' 정도의 뜻을, 표시하였었던 것에 틀림없었다. 그러나 구보는, 어머니가 색시 집으로 솔직하게 구혼할 것을 금하였다. 그것은 허영심만에서 나온 일은 아니다. 그는 여자가 자기 생각을 안 하고 있는 경우에 객쩍게시리 여자를 괴롭혀주고 싶지 않았던 까닭이다. 구보는 여자의 의사와 감정을 존중하고 싶었다.

그러나, 물론, 여자에게서는 아무런 말도 하여오지 않았다. 구보는, 여자가 은근히 자기에게서 무슨 말이 있기를 기다리고 있는 것이나 아닐까, 하고도 생각하여보았다. 그러나 그런 것을 생각하는 것은 제 자신 우스운 일이다. 그러는 동안에, 날은 가고, 그리고 그것에 대한 흥미를 구보는 잃기 시작하였다. 혹시, 여자에게서라도 먼저 말이 있다면——. 그러면 구보는 다시 이 문제에 흥미를 가질 수 있을 게다. 언젠가 여자의 집과 어떻게 인척 관계가 있는 노(老)마나님이 와서 색시 집에서도 이편의 동정만 살피고 있는 듯싶더란 말을 들었을 때, 구보는 쓰디쓰게 웃고, 그리고 그것이 사실이라면, 그것은 희극이라느니보다는, 오히려 한 개의 비극이라고 생각하였다. 그러면서도 구보는 그 비극에서 자기네들을 구하기 위하여 팔을 걷고 나서려 들지 않았다.

전차가 약초정(若草町) 근처를 지나갈 때, 구보는, 그러나, 그 흥분에서 깨어나, 뜻 모를 웃음을 입가에 띠워본다. 그의 앞에 어떤 젊은 여자가 앉아 있었다. 그 여자는 자기의 두 무릎 사이에다 양산을 놓고 있었다. 어느 잡지에선가, 구보는, 그것이 비(非)처녀성을 나타내는 것임을 배운 일이 있다. 딴은, 머리를 틀어올렸을 뿐이나, 그만한 나이로는 저 여인은 마땅히 남편을 가졌어야 옳을 게다. 아까, 그는 양산을 어데다 놓고 있었을까 하고, 구보는, 객쩍은 생각을 하다가, 여성에게 대하여 그러한 관찰을 하는 자기는, 혹은 어떠한 여자를 아내로 삼든 반드시 불행하게 만들어주지나 않을까, 하고 생각하였다. 그러나 여자는——. 여자는 능히 자기를 행복되게 하여줄 것인가. 구보는 자기가 알고 있는 온갖 여자를 차례로 생각하여보고, 그리고 가만히 한숨지었다.

일찍이 구보는, 벗의 누이에게 짝사랑을 느낀 일이 있었다. 어느 여름날 저녁, 그가 벗을 찾았을 때, 문간으로 그를 응대하러 나온 벗의 누이는, 혹은 정말, 나이 어린 구보가 동경의 마음을 갖기에 알맞도록 아름답고, 깨끗하였는지도 모른다. 열다섯 살짜리 문학 소년은 그를 사랑하고 싶다 생각하고, 뒷날 그와 결혼할 수 있다 하면, 응당 자기는 행복이리라 생각하고, 자주 벗을 찾아가 그와 만날 기회를 엿보고, 혹 만나면 저 혼자 얼굴을 붉히고, 그리고 돌아와 밤늦게 여러 편의 연애시를 초(草)하였다. 그러나, 그가 자기보다 세 살이나 위라는 것을 생각할 때, 구보의 마음은 불안하였다. 자기가 한 여자의 앞에서 자기의 사랑을 고백하여도 결코 서두르지 않을 나이가 되었을 때, 여자는, 이미, 그 전에, 다른, 더 나이 먹은 이의 사랑을 용납해버릴 게다.

 그러나 구보가 그것에 대하여 아무런 대책도 청구할 수 있기 전에, 여자는, 참말, 나이 먹은 남자의 품으로 갔다. 열일곱 살 먹은 구보는, 자기의 마음이 퍽이나 괴롭고 슬픈 것같이 생각하려 들고, 그리고, 그러면서도, 그들의 행복을, 특히 남자의 행복을 빌려 들었다. 그러한 감정은 그가 읽은 문학 서류에 얼마든지 쓰어 있었다. 결혼 비용 삼천 원. 신혼 여행은 동경으로. 관수동에 그들 부처를 위하여 개축된 집은 행복을 보장하는 듯싶었다.

 이번 봄에 들어서서, 구보는 벗과 더불어 그들을 찾았다.

이미 두 아이의 어머니인 여인 앞에서, 구보는 얼굴을 붉히는 일 없이 평범한 이야기를 서로 할 수 있었다. 구보가 일곱 살 먹은 사내아이를 영리하다고 칭찬하였을 때, 젊은 어머니는, 그러나 그애가 이 골목 안에서는 그 중 나이 어림을 말하고, 그리고 나이 먹은 아이들이란, 저이보다 적은 아이에게 대하여 얼마든지 교활할 수 있음을 한탄하였다. 언제든 딱지를 가지고 나가서는, 최후의 한 장까지 빼앗기고 들어오는 아들이 민망하여, 하루는 그뒤에 연필로 하나하나 표를 하여 주고 그것을 또 다 잃고 돌아왔을 때, 그는 골목 안의 아이들을 모아, 그들이 가지고 있는 딱지에서 원래의 내 아이 물건을 가려내어, 거의 모조리 회수할 수 있었다는 이야기를, 젊은 어머니는 일종의 자랑조차 가지고 구보에게 들려주었다.

구보는 가만히 한숨짓는다. 그가 그 여인을 아내로 삼을 수 없었던 것은, 결코 불행이 아니었다. 그러한 여인은, 혹은, 한평생을 두고, 구보에게 행복의 무엇임을 알 기회를 주지 않았을지도 모른다.

조선은행 앞에서 구보는 전차를 내려, 장곡천정으로 향한다. 생각에 피로한 그는 이제 마땅히 다방에 들러 한 잔의 홍차를 즐겨야 할 것이다.

몇 점이나 되었나. 구보는, 그러나, 시계를 갖지 않았다. 갖는다면, 그는 우아한 회중시계를 택할 게다. 팔뚝시계는
—그것은 소녀 취미에나 맞을 게다. 구보는 그렇게도 팔뚝

시계를 갈망하던 한 소녀를 생각하였다. 그는 동리에 전당나온 십팔 금 팔뚝시계를 탐내고 있었다. 그것은 사 원 팔십 전에 구할 수 있었다. 그리고, 그는, 그 시계말고, 치마 하나를 해입을 수 있을 때에, 자기는 행복의 절정에 이를 것같이 생각하고 있었다.

'벰베르구' 실로 짠 보일 치마. 삼 원 육십 전. 여하튼 팔 원 사십 전이 있으면, 그 소녀는 완전히 행복일 수 있었다. 그러나, 구보는, 그 결코 크지 못한 욕망이 이루어졌음을 듣지 못했다.

구보는, 자기는, 대체, 얼마를 가져야 행복일 수 있을까 생각해본다.

다방의 오후 두시, 일을 가지지 못한 사람들이 그곳 등의자(藤椅子)에 앉아, 차를 마시고, 담배를 태우고, 이야기를 하고, 또 레코드를 들었다. 그들은 거의 다 젊은이들이었고, 그리고 그 젊은이들은 그 젊음에도 불구하고, 이미 자기네들은 인생에 피로한 것같이 느꼈다. 그들의 눈은 그 광선이 부족하고 또 불균등한 속에서 쉴 사이 없이 제각각의 우울과 고달픔을 하소연한다. 때로, 탄력 있는 발소리가 이 안을 찾아들고, 그리고 호화로운 웃음 소리가 이 안에 들리는 일이 있었다. 그러나 그것들은 이곳에 어울리지 않았고, 그리고 무엇보다도 다방에 깃들인 무리들은 그런 것을 업신여겼다.

구보는 아이에게 한 잔의 가배차(珈琲茶)와 담배를 청하고 구석진 등의자로 갔다. 나는 대체 얼마가 있으면—그의 머리 위에 한 장의 포스터가 걸려 있었다. 어느 화가의 '도구유별전(渡歐留別展).' 구보는 자기에게 양행비(洋行費)가 있으면, 적어도 지금 자기는 거의 완전히 행복할 수 있으리라 생각한다. 동경에라도—. 동경도 좋았다. 구보는 자기가 떠나온 뒤의 변한 동경이 보고 싶다 생각한다. 혹은 더 좀 가까운 데라도 좋았다. 지극히 가까운 데라도 좋았다. 오십 리 이내의 여정에 지나지 않더라도, 구보는, 조그만 '슈트케이스'를 들고 경성역에 섰을 때, 응당 자기는 행복을 느끼리라 믿는다. 그것은 금전과 시간이 주는 행복이다. 구보에게는 언제든 여정에 오르려면, 오를 수 있는 시간의 준비가 있었다.

구보는 차를 마시며, 약간의 금전이 가져다줄 수 있는 온갖 행복을 손꼽아보았다. 자기도, 혹은, 팔 원 사십 전을 가지면, 우선, 조그만 한 개의, 혹은 몇 개의 행복을 가질 수 있을 게다. 구보는, 그러한 제 자신을 비웃으려 들지 않았다. 오직 그만한 돈으로 한때, 만족할 수 있는 그 마음은 애닯고 또 사랑스럽지 않은가.

구보는 담배에 불을 붙이며 자기가 원하는 최대의 욕망은 대체 무엇일꼬, 하였다. 이시카와 다쿠보쿠(石川啄木)는, 화롯가에 앉아 곰방대를 닦으며, 참말로 자기가 원하는 것이 무엇일꼬, 생각하였다. 그러나 그것은 있을 듯하면서도 없었다. 혹은, 그럴 게다. 그러나 구태여 말하여, 말할 수 없을 것도 없을 게다. '願車馬衣輕裘 與朋友共 敝之而無憾(원차마의경구 홍붕우공 경지이무감)은 자로(子路)의 뜻이요 座上客常滿 樽中酒不空(좌상객상만 준중주불공)은 공륭(孔融)의 원하는 바였다. 구보는, 저도 역시, 좋은 벗들과 더불어 그 즐거움을 함께하였으면 한다.

갑자기 구보는 벗이 그리워진다. 이 자리에 앉아 한잔의 차를 나누며, 또 같은 생각 속에 있고 싶다 생각한다.

구둣발 소리가 바깥 포도(鋪道)를 걸어와, 문 앞에 서고, 그리고 다음에 소리도 없이 문이 열렸다. 그러나 그는 구보의 벗이 아니었다. 뿐만 아니라, 두 사람의 시선이 마주쳤을 때, 두 사람은 거의 일시에 머리를 돌리고 그리고 구보는 그의 고요한 마음속에 음울을 갖는다.

그 사나이와 구보는, 일찍이, 인사를 한 일이 있었다. 그러나, 그것은 공교롭게 어두운 거리에서였다. 한 벗이 그를 소개하였다. 말씀은 많이 들었습니다, 하고 그는 말하였었다. 사실 그는 구보의 이름과 또 얼굴을 전부터 알고 있었던 것임에 틀림없었다. 그러나 구보는, 구보는 그를 몰랐다. 모른 채 어두운 곳에서 그대로 헤어져버린 구보는 뒤에 그를 만나도, 그를 그리고 알아내지 못하였다. 그 사나이는 구보가 자기를 보고도 알은체 안 하는 것에 응당 모욕을 느꼈을 게다.

자기를 자기라 알고도 모르는 체하는 것이라 생각할 때, 그의 마음은 평온할 수 없었을 게다. 그러나 구보는, 구보는 몰랐고, 모르면 태연할 수 있다. 자기를 볼 때마다 황당하게, 또 불쾌하게 시선을 돌리는 그 사나이를, 구보는 오직 괴이하게만 여겨왔다. 괴이하게만 여겨오는 동안은 그래도 좋았다. 마침내 구보가 그를 그러고 알아낼 수 있었을 때, 그것은 그의 마음에 암영(暗影)을 주었다. 그뒤부터 구보는 그 사나이와 시선이 마주치면, 역시 당황하게, 그리고 불안하게 고개를 돌리는 수밖에 없었다. 그것은 사람의 마음을 우울하게 하여놓는다. 구보는 다방 안의 한 구획을 그의 시야 밖에 두려 노력하며, 사람과 사람 사이의 교섭의 번거로움을 새삼스러이 느끼지 않으면 안 된다.

구보는 백동화를 두 푼, 탁자 위에 놓고, 그리고 공책을 들고 그 안을 나왔다. 어디로——. 그는 우선 부청 쪽으로 향하여 걸으며, 아무튼 벗의 얼굴이 보고 싶다, 생각하였다. 구보는 거리의 순서로 벗들을 마음속에 헤아려보았다. 그러나 이 시각에 집에 있을 사람은 하나도 없을 듯싶었다. 어디로——. 구보는 한길 위에 서서, 넓은 마당 건너 대한문을 바라본다. 아동 유원지 유동의자에라도 앉아서…… 그러나 그 빈약한, 너무나, 빈약한 옛 궁전은, 역시 사람의 마음을 우울하게 하여주는 것임에 틀림없었다.

구보가 다 탄 담배를 길 위에 버렸을 때, 그의 옆에 아이가

와 선다. 그는 구보가 다방에 놓아둔 채 잊어버리고 나온 단장을 들고 있었다. 고맙다. 구보는 그렇게도 방심한 제 자신을 쓰게 웃으며, 달음질하여 다방으로 돌아가는 아이의 뒷모양을 이윽이 바라보고 있다가, 자기도 그 길을 되걸어갔다.

다방 옆 골목 안. 그곳에서 젊은 화가는 골동점을 경영하고 있었다. 구보는 그 방면에 대한 지식을 갖지 않는다. 그러나, 하여튼, 그것은 그의 취미에 맞았고, 그리고 기회 있으면 그 방면의 이야기를 듣고 싶다, 생각한다. 온갖 지식이 소설가에게는 필요하다.

그러나 벗은 점(店)에 있지 않았다. 바로 지금 나가셨습니다. 그리고 기둥에 걸린 시계를 쳐다보며

"한 십 분, 됐을까요."

점원은 덧붙여 말하였다.

구보는 골목을 전찻길로 향하여 걸어나오며, 그 십 분이란 시간이 얼마만한 영향을 자기에게 줄 것인가, 생각한다.

한길 위에 사람들은 바쁘게 또 일 있게 오고 갔다. 구보는 포도 위에 서서, 문득, 자기도 창작을 위하여 어디, 예(例)하면 서소문정(西小門町) 방면이라도 답사할까 생각한다. '모데로노로지오'를 게을리하기 이미 오래다.

그러나, 그러한 생각과 함께 구보는 격렬한 두통을 느끼며, 이제 한걸음도 더 옮길 수 없을 것 같은 피로를 전신에 깨닫는다. 구보는 얼마 동안을 망연히 그곳, 한길 위에 서 있

었다.

　얼마 있다, 구보는 다시 걷기로 한다. 여름 한낮의 뙤약볕이 맨머리 바람의 그에게 현기증을 주었다. 그는 그곳에 더 그렇게 서 있을 수 없다. 신경 쇠약. 그러나 물론, 쇠약한 것은 그의 신경뿐이 아니다. 이 머리를 가져, 이 몸을 가져, 대체 얼마만한 일을 나는 하겠단 말인고——. 때마침 옆을 지나는 장년의, 그 정력가형 육체와 탄력 있는 걸음걸이에 구보는, 일종 위압조차 느끼며, 문득, 아홉 살 때에 집안 어른의 눈을 기어『춘향전』을 읽었던 것을 뉘우친다. 어머니를 따라 일갓집에 갔다 와서, 구보는 저도 얘기책이 보고 싶다 생각하였다. 그러나 집안에서는 그것을 금했다. 구보는 남몰래 안잠자기에게 문의하였다. 안잠자기는 세책(貰冊) 집에는 어떤 책이든 있다는 것과, 일 전이면 능히 한 권을 세내을 수 있음을 말하고, 그러나 꾸중 들우——. 그리고 다음에, 재밌긴『춘향전』이 제일이지, 그렇게 그는 혼잣말을 하였었다. 한 푼〔分〕의 동전과 한 개의 주발 뚜껑, 그것들이, 십칠 년 전의 그것들이, 뒤에 온, 그리고 또 올, 온갖 것의 근원이었는지도 모른다. 자기 전에 읽던 얘기책들. 밤을 새어 읽던 소설책들. 구보의 건강은 그의 소년 시대에 결정적으로 손상되었던 것임에 틀림없다.
　변비. 요의빈삭(尿意頻數). 피로. 권태. 두통. 두중(頭重).

두압(頭壓). 모리타 마사타케(森田正馬) 박사의 단련 요법…… 그러한 것은 어떻든, 보잘것없는, 아니, 그 살풍경하고 또 어수선한 태평통의 거리는 구보의 마음을 어둡게 한다. 그는 저, 불결한 고물상들을 어떻게 이 거리에서 쫓아낼 것인가를 생각하며, 문득, 반자의 무늬가 눈에 시끄럽다고, 양지로 반자를 발라버렸던 서해(曙海)도 역시 신경 쇠약이었음에 틀림없었다고, 이름 모를 웃음을 입가에 띠어보았다. 서해의 너털웃음. 그것도 생각하여보면, 역시, 공허한, 적막한 음향이었다.

구보는 고인(故人)에게서 받은 「홍염(紅焰)」을, 이제도록 한 페이지도 들쳐보지 않았던 것을 생각해내고, 그리고 딱한 표정을 지었다. 그가 읽지 않은 것은 오직 서해의 작품뿐이 아니다. 독서를 게을리하기 이미 삼 년. 언젠가 구보는 지식의 고갈을 느끼고 악연(愕然)하였다.

갑자기 한 젊은이가 구보의 시야에 들어왔다. 그는 구보가 향하여 걸어가고 있는 곳에서 왔다. 구보는 그를 어디서 본 듯싶었다. 자기가 마땅히 알아보아야만 할 사람인 듯싶었다. 마침내 두 사람의 기리가 힌 킨틍으로 단축되었을 때, 문득 구보는 어린 시절을 회상하고, 그리고 그곳에 옛 동무를 발견한다. 그리운 옛 시절. 그리운 옛 동무. 그들은 보통학교를 나온 채 이제도록 한번도 못 만났다. 그래도 구보는 그 동무의 이름까지 기억 속에서 찾아낸다.

그러나 옛 동무는 너무나 영락(零落)하였다. 모시두루마기에 흰 고무신, 오직 새로운 맥고자를 쓴 그의 행색은 너무나 초라하다. 구보는 망설거린다. 그대로 모른체하고 지날까. 옛 동무는 분명히 자기를 알아본 듯싶었다. 그리고 구보가 자기를 알아볼 것을 두려워하는 듯싶었다. 그러나 마침내 두 사람이 서로 지나치는, 그 마지막 순간을 포착하여, 구보는 용기를 내었다.

"이거 얼마만이야, 유군."

그러나 벗은 순간에 약간 얼굴조차 붉히며,

"네, 참 오래간만엡니다."

"그 동안 서울에, 늘, 있었어."

"네."

구보는 다음에 간신히,

"어째서 그렇게 뵈올 수 없었에요."

한마디를 하고, 그러고 서운한 감정을 맛보며, 그래도 또 무슨 말이든 하고 싶다 생각할 때, 그러나 벗은, 그만 실례합니다. 그렇게 말하고, 그리고 구보의 앞을 떠나, 저 갈길을 가버린다.

구보는 잠깐 그곳에 섰다가 다시 고개 숙여 걸으며 울 것 같은 감정을 스스로 억제하지 못한다.

조그만 한 개의 기쁨을 찾아, 구보는 남대문을 안에서 밖으로 나가보기로 한다. 그러나 그곳에는 불어드는 바람도 없이 양옆에 웅숭그리고 앉아 있는 서너 명의 지게꾼들의 그 모양이 맥없다.

구보는 고독을 느끼고, 사람들 있는 곳으로, 약동하는 무리들의 있는 곳으로, 가고 싶다 생각한다. 그는 눈앞에 경성역을 본다. 그곳에는 마땅히 인생이 있을 게다. 이 낡은 서울의 호흡과 또 감정이 있을 게다. 도회의 소설가는 모름지기 이 도회의 항구와 친하여야 한다. 그러나 물론 그러한 직업의식은 어떻든 좋았다. 다만 구보는 고독을 삼등 대합실 군중 속에 피할 수 있으면 그만이다.

그러나 오히려 고독은 그곳에 있었다. 구보가 한 옆에 끼여앉을 수도 없게시리 사람들은 그곳에 빽빽하게 모여 있어도, 그들의 누구에게서도 인간 본래의 온정을 찾을 수는 없었다. 그네들은 거의 옆에 사람에게 한마디 말을 건네는 일도 없이, 오직 자기네들 사무에 바빴고, 그리고 간혹 말을 건네도, 그것은 자기네가 타고 갈 열차의 시각이나 그러한 것에 지나지 않았다. 그네들의 동료가 아닌 사람에게 그네들은 변소에 다녀올 동안의 그네들 짐을 부탁하는 일조차 없었다. 남을 결코 믿지 않는 그네들의 눈은 보기에 딱하고 또 가여웠다.

구보는 한구석에가 서서, 그의 앞에 앉아 있는 노파를 본다. 그는 뉘 집에 드난을 살다가 이제 늙고 또 쇠잔한 몸을 이끌어, 결코 넉넉하지 못한 어느 시골, 딸네 집이라도 찾아가는지 모른다. 이미 굳어버린 그의 안면 근육은 어떠한 다행한 일에도 펴질 턱 없고, 그리고 그의 몽롱한 두 눈은 비록 그의 딸의 그지없는 효양(孝養)을 가지고도 감동시킬 수 없을지 모른다. 노파 옆에 앉은 중년의 시골 신사는 그의 시골서 조그만 백화점을 경영하고 있을 게다. 그의 점포에는 마땅히 주단 포목도 있고, 일용 잡화도 있고, 또 흔히 쓰이는 약품도 갖추어 있을 게다. 그는 이제 그의 옆에 놓인 물품을 들고 자랑스러이 차에 오를 게다. 구보는 그 시골 신사가 노파와 사이에 되도록 간격을 가지려고 노력하는 것을 발견하고, 그리고 그를 업신여겼다. 만약 그에게 옅은 지혜와 또 약간의 용기를 주면 그는 삼등 승차권을 주머니 속에 간수하고 삼등 대합실에 방만하게 자리잡고 앉을 게다.

문득 구보는 그의 얼굴에 부종(浮腫)을 발견하고 그의 앞을 떠났다. 신장염. 그뿐 아니라, 구보는 자기 자신의 만성 위확장(胃擴張)을 새삼스러이 생각해내지 않으면 안 되었다. 그러나 구보가 매점 앞에까지 갔을 때, 그는 그곳에서도 역시 병자를 보지 않으면 안 되었다. 사십여 세의 노동자. 전경부(前頸部)의, 광범한 팽융(澎隆). 돌출한 안구. 또 손의 경미한 진동. 분명한 '바세도우'씨병. 그것은 누구에게든 결코 깨끗한 느낌을 주지는 못한다. 그의 좌우에는 좌석이 비어 있어도 사람들은 그곳에 앉으려 들지 않는다. 뿐만 아니라, 그에게서 두 칸통 떨어진 곳에 있던 아이 업은 젊은 아낙네가 그의 바스켓 속에서 꺼내다 잘못하여 시멘트 바닥에 떨어트린 한 개의 복숭아가, 굴러 병자의 발 앞에까지 왔을 때, 여인은 그것을 쫓아와 집기를 단념하기조차 하였다.

구보는 이 조그만 사건에 문득, 흥미를 느끼고, 그리고 그의 '대학노트'를 펴들었다. 그러나 그가 문 옆에 기대어 섰는 캡 쓰고 린네르 즈메에리 양복 입은 사나이의, 그 온갖 사람에게 의혹을 갖는 두 눈을 발견하였을 때, 구보는 또다시 우울 속에 그곳을 떠나지 않으면 안 된다.

개찰구 앞에 두 명의 사나이가 서 있었다. 낡은 파나마에 모시두루마기 노랑 구두를 신고, 그리고 손에 조그만 보따리 하나도 들지 않은 그들을, 구보는, 확신을 가져 무직자라고 단정한다. 그리고 이 시대의 무직자들은, 거의 다 금광 브로커에 틀림없었다. 구보는 새삼스러이 대합실 안팎을 둘러본다. 그러한 인물들은, 이곳에도 저곳에도 눈에 띄었다.

황금광 시대(黃金狂時代) —

저도 모를 사이에 구보의 입술은 무거운 한숨이 새어나왔다. 황금을 찾아, 황금을 찾아, 그것도 역시 숨김없는 인생의, 분명히, 일면이다. 그것은 적어도, 한 손에 단장과 또 한 손에 공책을 들고, 목적 없이 거리로 나온 자기보다는 좀더 진실한 인생이었을지도 모른다. 시내에 산재한 무수한 광무

소(鑛務所). 인지대 백 원. 열람비 오 원. 수수료 십 원. 지도대(地圖代) 십팔 전…… 출원 등록된 광구, 조선 전토(全土)의 칠 할. 시시각각으로 사람들은 졸부가 되고, 또 몰락하여 갔다. 황금광 시대. 그들 중에는 평론가와 시인, 이러한 문인들조차 끼여 있었다. 구보는 일찍이 창작을 위하여 그의 벗의 광산에 가보고 싶다 생각하였다. 사람들의 사행심, 황금의 매력, 그러한 것들을 구보는 보고, 느끼고, 하고 싶었다. 그러나, 고도의 금광열은, 오히려, 총독부 청사, 동측 최고층, 광무과(鑛務課) 열람실에서 볼 수 있었다.

문득, 한 사나이가 둥글넙적한, 그리고 또 비속한 얼굴에 웃음을 띠고, 구보 앞에 그의 모양 없는 손을 내민다. 그도 벗이라면 벗이었다. 중학 시대의 열등생. 구보는 그래도 약간 웃음에 가까운 표정을 지어보이고, 그리고, 단장 든 손을 그대로 내밀어 그의 손을 가장 엉성하게 잡았다. 이거 얼마만이야. 어디, 가나. 응, 자네는—.

구보는 친하지 않은 사람에게 '자네' 소리를 들으면 언제든 불쾌하였다. '해라'는, 해라는 오히려 나왔다. 그 사나이는 주머니에서 금시계를 꺼내보고, 다음에 구보의 얼굴을 치어다보며, 저기 가서 차라도 안 먹으려나. 전당포 집의 둘째 아들. 구보는 그러한 사나이와 자리를 같이하여 차를 마실 생각은 없었다. 그러나, 그러한 경우에 한 개의 구실을 지어, 그 호의를 사절할 수 있도록 구보는 용감하지 못하다. 그 사나이는 앞장을 섰다. 자—— 그럼 저리로 가지. 그러나 그것은 구보에게만 한 말이 아니었다.

구보는 자기 뒤를 따라오는 한 여성을 보았다. 그는 한번 흘낏 보기에도, 한 사나이의 애인된 티가 있었다. 어느 틈엔가 이런 자도 연애를 하는 시대가 왔나. 새삼스러이 그 천한 얼굴이 쳐다보였으나, 그러나 서정 시인조차 황금광으로 나서는 때다.

의자에가 가장 자신있게 앉아, 그는 주문 들으러 온 소녀에게, 나는 가루피스(칼피스). 그리고 구보를 향하여, 자네두 그걸루 하지. 그러나 구보는 거의 황급하게 고개를 흔들고, 나는 홍차나 커피로 하지.

음료 칼피스를, 구보는, 좋아하지 않는다. 그것은 외설(猥褻)한 색채를 갖는다. 또, 그 맛은 결코 그의 미각에 맞지 않았다. 구보는 차를 마시며, 문득, 끽다점(喫茶店)에서 사람들이 취하는 음료를 가져, 그들의 성격, 교양, 취미를 어느 정도까지는 알 수 있을 것이 아닌가, 하고 생각하여본다. 그리고 그것은 동시에, 그네들의 그때, 그때의 기분조차 표현하고 있을 게다.

구보는 맞은편에 앉은 사나이의, 그 교양 없는 이야기에 건성 맞장구를 치며, 언제든 그러한 것을 연구하여보리라 생각한다.

월미도로 놀러 가는 듯싶은 그들과 헤어져, 구보는 혼자 역 밖으로 나온다. 이러한 시각에 떠나는 그들은 적어도 오늘 하루를 그곳에서 묵을 게다. 구보는, 문득, 여자의 발가숭이를 아무 거리낌 없이 애무할 그 남자의, 야비한 웃음으로 하여 좀더 추악해진 얼굴을 눈앞에 그려보고, 그리고 마음이 편안하지 못했다.

 여자는, 여자는 확실히 어여뻤다. 그는, 혹은, 구보가 이제까지 어여쁘다고 생각하여온 온갖 여인들보다도 좀더 어여뻤을지도 모른다. 그뿐 아니다. 남자가 같이 '가루피스'를 먹자고 권하는 것을 물리치고, 한 접시의 아이스크림을 지망할 수 있도록 여자는 총명하였다.

 문득, 구보는, 그러한 여자가 왜 그자를 사랑하려 드나, 또는 그자의 사랑을 용납하는 것인가 하고, 그런 것을 괴이하게 여겨본다. 그것은, 그것은 역시 황금 까닭일 게다. 여자들은 그렇게도 쉽사리 황금에서 행복을 찾는다. 구보는 그러한 여자를 가엾이, 또 안타깝게 생각하다가, 갑자기 그 사나이의 재력을 탐내본다. 황금, 같은 돈이라도 그 사나이에게 있어서는 헛되이, 그리고 또 아깝게 소비되어버릴 게다. 그는 날마다 기름진 음식이나 실컷 먹고, 살찐 계집이나 즐기고, 그리고 아무 앞에서나 그의 금시계를 꺼내보고는 만족하여 할 게다.

 일순간, 구보는, 그 사나이의 손으로 소비되어버리는 돈이, 원래 자기의 것이나 되는 것같이 입맛을 다시어보았으나, 그 즉시, 그러한 제 자신을 픽 웃고, 내가 언제부터 이렇게 돈에 걸신이 들렸누…… 단장 끝으로 구두코를 탁 치고, 그리고 좀더 빠른 걸음걸이로 전차 선로를 횡단하여, 구보는 포도 위를 걸어갔다.

그러나 여자는, 여자는 확실히 어여뻤고, 그리고 또…… 구보는, 갑자기, 그 여자가 이미 오래전부터 그자에게 몸을 허락하여온 것이나 아닐까, 생각하였다. 그것은 생각만 하여 볼 따름으로 그의 마음을 언짢게 하여준다. 역시, 여자는 결코 총명하지 못했다. 또 생각하여보면, 어딘지 모르게 저속한 맛이 있었다. 결코 기품 있는 인물은 아니다. 그저 좀 예쁠 뿐……

그러나 그 여자가 그자에게 쉽사리 미소를 보여주었다고 새삼스러이 여자의 값어치를 깎을 필요는 없었다. 남자는 여자의 육체를 즐기고, 여자는 남자의 황금을 소비하고, 그리고 두 사람은 충분히 행복일 수 있을 게다. 행복이란 지극히 주관적의 것이다.

어느 틈엔가, 구보는 조선은행 앞엔까지 와 있었다. 이제 이대로, 이대로 집으로 돌아갈 마음은 없었다. 그러면, 어디로—. 구보가 또다시 고독과 피로를 느끼었을 때, 약칠해 신으시죠 구두에. 구보는 경악의 눈을 가져 그 사나이를, 남의 구두만 항상 살피며, 그곳에 무엇이든 결점을 잡아내고야 마는 그 사나이를 흘겨보고, 그리고 걸음을 옮겼다. 일면식(一面識)도 없는 나의 구두를 비평할 권리가 그에게 있기라도 하단 말인가. 거리에서 그에게 온갖 종류의 불유쾌한 느낌을 주는, 온갖 종류의 사물을 저주하고 싶다, 생각하며, 그러나, 문득, 구보는 이러한 때, 이렇게 제 몸을 혼자 두어두는 것에 위험을 느낀다. 누구든 좋았다. 벗과, 벗과 같이 있을 때, 구보는 얼마쯤 명랑할 수 있었다. 혹은, 명랑을 가장할 수 있었다.

마침내, 그는 한 벗을 생각해내고, 길가 양복점으로 들어가 전화를 빌렸다. 다행하게도 벗은 아직 사(社)에 남아 있었다. 바로 지금 나가려든 차야 하고, 그는 말했다.

구보는 그에게 부디 다방으로 와주기를 청하고, 그리고 잠깐 또 할말을 생각하다가, 저편에서 전화를 끊어버릴 것을 염려하여, 당황하게 덧붙여 말했다.

"꼭 좀, 곧 좀, 오——"

다행하게도 다시 돌아간 다방 안에, 사람들은 많지 않았다. 또, 문득, 생각하고 둘러보아, 그 벗 아닌 벗도 그곳에 있지 않았다. 구보는 카운터 가까이 자리를 잡고 앉아, 마침, 자기가 사랑하는 '스키피'의 「아이 아이 아이」를 들려주는 이 다방에 애정을 갖는다. 그것이 허락받을 수 있는 것이라면 그는 지금 앉아 있는 등의자를 안락의자로 바꾸어, 감미

한 오수(午睡)를 즐기고 싶다, 생각한다. 이제 그는 그의 앞에, 아까의 신기료 장사를 보더라도, 고요한 마음을 가져 그를 용납하여줄 수 있을 게다.

조그만 강아지가, 저편 구석에 앉아, 토스트를 먹고 있는 사나이의 그리 대단하지도 않은 구두코를 핥고 있었다. 그 사나이는 발을 뒤로 무르며, 쉬―쉬― 강아지를 쫓았다. 강아지는 연해 꼬리를 흔들며 잠깐 그 사나이의 얼굴을 치어다보다가 돌아서서 다음 탁자 앞으로 갔다. 그곳에 앉아 있는 젊은 여자는, 그는 확실히 개를 무서워하는 듯싶었다. 다리를 잔뜩 웅크리고 얼굴빛조차 변하여가지고, 그는 크게 뜬 눈으로 개의 동정만 살폈다. 개는 여전히 꼬리를 흔들며 그러나, 저를 귀해주구 안 해주는 사람을 용하게 가릴 줄이나 아는 듯이, 그곳에 오래 머무르지 않고, 또 옆 탁자로 갔다. 그러나 구보가 앉아 있는 자리에서는 그곳이 잘 안 보였다. 어떠한 대우를 그 가엾은 강아지가 그곳에서 받았는지 그는 모른다. 그래도 어떻든 만족한 결과는 아니었던 게다. 강아지는 다시 그곳을 떠나, 이제는 사람들의 사랑을 구하기를 아주 단념이나 한 듯이 구보에게서 한 칸통쯤 떨어진 곳에 가 네 발을 쭉 뻗고 모로 쓰러져버렸다.

강아지의 반쯤 감은 두 눈에는 고독이 숨어 있는 듯싶었다. 그리고 그와 함께, 모든 것에 대한 단념도 그곳에 있는 듯싶었다. 구보는 그 강아지를 가엾다, 생각한다. 저를 사랑하는 사람이 단 한 사람일지라도 이 다방 안에 있음을 알려 주고 싶다, 생각한다. 그는, 문득, 자기가 이제까지 한번도 그의 머리를 쓰다듬어준다거나, 또는 그가 하는 대로 손을 맡기어둔다거나, 그러한 그에 대한 사랑의 표현을 한 일이 없었던 것을 생각해내고, 손을 내밀어 그를 불렀다. 사람들은 이런 경우에 휘파람을 분다. 그러나 원래 구보는 휘파람을 안 분다. 잠깐 궁리하다가, 마침내 그는 개에게만 들릴 정도로 "캄, 히어" 하고 말해본다.

강아지는 영어를 해득하지 못하는지도 모른다. 머리를 들어 구보를 쳐다보고, 그리고 아무 흥미도 느낄 수 없는 듯이 다시 머리를 떨어뜨렸다. 구보는 의자 밖으로 몸을 내밀어, 조금 더 큰 소리로, 그러나 한껏 부드럽게, 또 한번, "캄, 히어," 그리고 그것을 번역하였다. "이리 온." 그러나 강아지는 먼젓번 동작을 또 한번 되풀이하였을 따름, 이번에는 입을 벌려 하품 비슷한 짓을 하고, 아주 눈까지 감는다.

구보는 초조와, 또 일종 분노에 가까운 감정을 맛보며, 그래도 그것을 억제하고, 이번에는 완전히 의자에서 떠나, 그의 머리를 쓰다듬어주려 하였다. 그러나 그보다도 먼저 강아지는 진저리치게 놀라, 몸을 일으켜, 구보에게 향하여 적대적 자세를 취하고, 캥, 캐캥 하고, 짖고, 그리고, 제풀에 질겁을 하여 카운터 뒤로 달음질쳐 들어갔다.

구보는 저도 모르게 얼굴을 붉히고, 그 강아지의 방정맞은

성정(性情)을 저주하며, 수건을 꺼내어, 땀도 안 난 이마를 두루 씻었다. 그리고, 그렇게까지 당부하였건만, 곧 와주지 않는 벗에게조차 그는 가벼운 분노를 느끼지 않으면 안 된다.

 마침내 벗이 왔다. 그렇게 늦게 온 벗을 구보는 책망할까 하고 생각하여보았으나, 그보다 먼저 진정 반가워하는 빛이 그의 얼굴에 떠올랐다. 사실, 그는, 지금, 벗을 가진 몸의 다행함을 느낀다.
 그 벗은 시인이었음에도 불구하고, 극히 건장한 육체와 또 먹기 위하여 어느 신문사 사회부 기자의 직업을 가지고 있었다. 그것이 때로 구보에게 애닲음을 주지 않는 것은 아니다. 그래도, 그래도 그와 대하여 있으면, 구보는 마음속에 밝음을 가질 수 있었다.
"나, 소다스이(소다수)를 다우."
 벗은, 즐겨 음료 조달수(曹達水)를 취하였다. 그것은 언제든 구보에게 가벼운 쓴웃음을 준다. 그러나 물론 그것은 적어도 불쾌힌 감정은 아니다.
 다방에 들어오면, 여학생이나 같이, 조달수를 즐기면서도, 그래도 벗은 조선 문학 건설에 가장 열의를 가지고 있었다. 그러한 그가 하루에 두 차례씩 종로서와, 도청과, 또 체신국엘 들르지 않으면 안 되었던 것은 한 개의 비참한 현실이었을지도 모른다. 마땅히 시를 초(草)하여야만 할 그의 만년필을 가져, 그는 매일같이 살인 강도와 방화 범인의 기사를 쓰지 않으면 안 되었다. 그래 이렇게 제 자신의 시간을 가지면 그는 억압당하였던, 그의 문학에 대한 열정을 쏟아낸다.

오늘은 주로 구보의 소설에 대하여서이었다. 그는, 즐겨 구보의 작품을 읽는 사람의 하나이다. 그리고, 또, 즐겨 구보의 작품을 비평하려 드는 독지가(篤志家)였다. 그러나, 그의 그러한 후의에도 불구하고, 구보는 자기 작품에 대한 그의 의견에 그다지 신용을 두고 있지 않았다. 언젠가, 벗은 구보의 그리 대단하지 않은 작품을 오직 한 개 읽었을 따름으로, 구보를 완전히 알 수나 있었던 것같이 생각하고 있는 듯싶었다.

오늘은, 그러나, 구보는 그의 말에 귀를 기울이지 않으면 안 된다. 벗은, 요사이 구보가 발표하고 있는 작품을 가리켜 작자가 그의 나이 분수보다 엄청나게 늙었음을 말했다. 그러나 그뿐이면 좋았다. 벗은 또, 작자가 정말 늙지는 않았고, 오직 늙음을 가장하였을 따름이라고 단정하였다. 혹은 그럴지도 모른다. 구보에게는 그러한 경향이 있었을지도 모른다. 그리고 다시 돌이켜 생각하면, 그것이 오직 가장(假裝)에 그치고, 그리고 작자가 정말 늙지 않았음은, 오히려 구보가 기꺼하여 마땅할 일일 게다.

그러나 구보는, 그의 작품 속에서 젊을 수가 없었을지도 모른다. 그가 만약 구태여 그러려 하면 벗은, 이번에는, 작자가 무리(無理)로 젊음을 가장하였다고 말할 게다. 그리고 그것은 틀림없이 구보의 마음을 슬프게 하여줄 게다.

어느 틈엔가, 구보는 그 화술에 권태를 깨닫고, 그리고 저도 모르게 '다섯 개의 임금(林檎)' 문제를 풀려 들었다. 자기가 완전히 소유한 다섯 개의 임금을 대체 어떠한 순차로 먹어야만 마땅할 것인가 그것에는 우선 세 가지의 방법이 있을 게다. 그 중 맛있는 놈부터 차례로 먹어가는 법. 그것은, 언제든, 그 중에 맛있는 놈을 먹고 있다는 기쁨을 우리에게 줄 게다. 그러나 그것은 혹은 그 결과가 비참하지나 않을까. 이와 반대로, 그 중 맛없는 놈부터 차례로 먹어가는 법. 그것은 점입가경(漸入佳境), 그러한 뜻을 가지고 있으나, 뒤집어 생각하면, 사람은 그 방법으로는 항상 그 중 맛없는 놈만 먹지 않으면 안 되는 셈이다. 또 계획 없이 아무거나 집어먹는 법. 그것은……

구보는, 맞은편에 앉아, 그의 문학론에, 앙드레 지드의 말을 인용하고 있던 벗을, 갑자기, 이 유민(遊民)다운 문제를 가져 어이없게 만들어주었다. 벗은 대체, 그 다섯 개의 임금이 문학과 어떠한 교섭을 갖는가 의혹하며, 자기는 일찍이 그러한 문제를 생각하여본 일이 없노라 말하고

"그래, 그것이 어쨌단 말이야."

"어쩌기는 무에 어째."

그리고 구보는 오늘 처음으로 명랑한, 혹은 명랑을 가장한 웃음을 웃었다.

 문득, 창밖 길가에, 어린애 울음 소리가 들린다. 그것은 울음 소리에는 틀림없었다. 그러나 어린애의 것보다는 오히려 짐승의 소리에 가까웠다. 구보는 『율리시스』를 논하고 있는 벗의 탁설(卓說)에는 상관없이, 대체, 누가 또 죄악의 자식을 낳았누, 하고 생각한다.
 가엾은 벗이 있었다. 그는, 어렸을 때부터 그렇게도 불행하였던 그는, 온갖 고생을 겪지 않으면 안 되었었고, 또 그렇게 경난(經難)한 사람이었던 까닭에, 벗과의 사귐에 있어서도 가장 관대한 품이 있었다. 그는 거의 구보의 친우였다. 그러나, 그에게는 남자로서의 가장, 불행한 약점이 있었다. 그의 앞에서 구보가 말을 한다면, '다정다한(多情多恨),' 이러한 문자를 사용할 게다. 그러나 그것은 한 개의 수식에 지나지 않았고, 그 벗의 통제를 잃은 성 본능은 누가 보기에도 진실로 딱한 것임에 틀림없었다. 구보는, 왕왕이, 그 벗의 여성에 대한 심미안에 의혹을 갖기조차 하였다. 그러나 오히려 그러고 있는 동안은 좋았다. 마침내 비극이 왔다. 그 벗은, 결코 아름답지도 총명하지도 않은 한 여성을 사랑하고, 여자는 또 남자를 오직 하나의 사내라 알았을 때, 비극은 비롯한다. 여자가 어느 날 저녁 남자와 마주앉아, 얼굴조차 붉히고,

그리고 자기가 이미 홀몸이 아님을 고백하였을 때, 남자는 어느 틈엔가 그 여자에 대하여 거의 완전히 애정을 상실하고 있었다. 여자는 어리석게도 모성(母性)됨의 기쁨을 맛보려 하였고, 그리고 남자의 사랑을 좀더 확실히 포착할 수 있을 것같이 생각하였다. 그러나 남자는 오직 제 자신이 곤경에 빠졌음을 한(恨)하고, 그리고 또 그 젊은 어미에게 대한 자기의 책임을 느끼지 않으면 안 되었던 까닭에, 좀더 그 여자를 미워하였을지도 모른다.

여자는, 그러나 남자의 변심을 깨닫지 못하였을지도 모른다. 또, 설혹, 그가 알 수 있었더라도, 역시, 그 수밖에 없었을지도 모른다. 여자는 돌도 안 된 아이를 안고, 남자를 찾아 서울로 올라왔다. 그러나 그곳에는 그들 모자를 위하여 아무러한 밝은 길이 없었다. 이미 반생을 고락을 같이하여온 아내가 남자에게는 있었고, 또 그와 견주어볼 때, 이 가정의 틈입자는 어떠한 점으로든 떨어졌다. 특히 아이와 아이를 비(比)하여볼 때 그러하였다. 가엾은 사생자(私生子)는 나이 분수보다 엄청나게나 거대한 체구와, 또 치매적(痴呆的) 안모(顔貌)를 가지고 있었다.

그러나 그것만이라면, 오히려 좋았다. 한번 그 아이의 울음 소리를 들을 수 있었을 때, 사람들은 가장 언짢고 또 야릇한 느낌을 갖지 않으면 안 되었다. 그것은 결코 사람의 아이의 울음이 아니었다. 그것은 그들의, 특히, 남자의 죄악에 진

노한 신이, 그 아이의 비상한 성대를 빌려, 그들의, 특히, 남자의 죄악을 규탄하고, 또 영구히 저주하는 것인 것만 같았다.

구보는 그저 『율리시스』를 논하고 있는 벗을 깨닫고, 불쑥, 그야 '제임스 조이스'의 새로운 시험에는 경의를 표하여야 마땅할 게지. 그러나 그것이 새롭다는, 오직 그 점만 가지고 과중 평가를 할 까닭이야 없지. 그리고 벗이 그 말에 대하여, 항의를 하려 하였을 때, 구보는 의자에서 몸을 일으키어, 벗의 등을 치고, 자— 그만 나갑시다.

그들이 밖에 나왔을 때, 그곳에 황혼이 있었다. 구보는 이 시간에, 이 거리에, 맑고 깨끗함을 느끼며, 문득, 벗을 돌아보았다.

"이제 어디로 가."

"집으로 가지."

벗은 서슴지 않고 대답하였다. 구보는 대체 누구와 이 황혼을 지내야 할 것인가 망연하여한다.

전차를 타고 벗은 이내 집으로 돌아가고 말았다. 집이 아니다. 여사(旅舍)였다. 주인집 식구말고, 아무도 없을 여사로, 그는 그렇게 저녁 시간을 맞추어 가야만 할까. 만약 그것이 단지 저녁밥을 먹기 위하여서의 일이라면……

"지금부터 집엘 가서 무얼 할 생각이오?"

그러나 그것은 물론 어리석은 물음이었다. '생활'을 가진 사람은 마땅히 제 집에서 저녁을 먹어야 할 게다. 벗은 구보와 비겨볼 때, 분명히 생활을 가지고 있었다.

 하루의 대부분을 속무(俗務)에 헤매지 않으면 안 되었던 그는 이제 저녁 후의 조용한 제 시간을 가져 독서와 창작에서 기쁨을 찾을 게다. 구보는, 구보는 그러나 요사이 그 기쁨을 못 갖는다.

 어느 틈엔가, 구보는 종로 네거리에 서서, 그곳에 황혼과, 또 황혼을 타서 거리로 나온 노는 계집의 무리들을 본다. 노는 계집들은 오늘도 무지(無智)를 싸고 거리에 나왔다. 이제 곧 밤은 올 게요. 그리고 밤은 분명히 그들의 것이었다. 구보는 포도 위에 눈을 떨어트려, 그곳에 무수한 화려한 또는 화려하지 못한 다리를 보며, 그들의 걸음걸이를 가장 위수(危殊)롭다 생각한다. 그들은, 모두가 숙녀화에 익숙하지 못한 것은 아니다. 그러나 그러함에도 불구하고, 그들은 모두들 가장 서투르고, 부자연한 걸음걸이를 갖는다. 그것은, 역시, '위수로운 것'이라고밖에 말할 수 없는 것임에 틀림없었다.

 그들은, 그러나 물론 그런 것을 그네 자신 깨닫지 못한다. 그들의 세상살이의 걸음걸이가, 얼마나 불안정한 것인가를 깨닫지 못한다. 그들은 누구라 하나 인생에 확실한 목표를 가지고 있지 않았으나, 무지는 거의 완전히 그 불안에서 그들의 눈을 가려준다.

그러나 포도를 울리는 것은 물론 그들의 가장 불안정한 구두 뒤축뿐이 아니었다. 생활을, 생활을 가진 온갖 사람들의 발끝은 이 거리 위에서 모두 자기네들 집으로 향하여 놓여 있었다. 집으로 집으로, 그들은 그들의 만찬과 가족의 얼굴과 또 하루 고역 뒤의 안위를 찾아 그렇게도 기꺼이 걸어가고 있다. 문득, 저도 모를 사이에 구보의 입술을 새어나오는 다쿠보쿠(啄木)의 단가—

 누구나 모두 집 가지고 있다는 애닯음이여
　무덤에 들어가듯
　돌아와서 자옵네

 그러나 구보는 그러한 것을 초저녁의 거리에서 느낄 필요는 없다. 아직 그는 집에 돌아가지 않아도 좋았다. 그리고 좁은 서울이었으나, 밤늦게까지 헤맬 거리와, 들를 처소가 구보에게 있었다.

 그러나 대체 누구와 이 황혼을…… 구보는 거의 자신을 가지고, 걷기 시작한다. 벗이 있다. 황혼을, 또 밤을 같이 지낼 벗이 구보에게 있다. 종로경찰서 앞을 지나 하얗고 납작한 조그만 다료(茶寮)엘 들른다.

 그러나 주인은 없었다. 구보가 다시 문으로 향하여 나오면서, 왜 자기는 그와 미리 맞춰두지 않았던가, 뉘우칠 때, 아이가 생각난 듯이 말했다. 참, 곧 돌아오신다구요, 누구 오시거든 기다리시라구요. '누구'가, 혹은, 특정한 인물일지도 모른다. 벗은 혹은, 구보와 이제 행동을 같이할 수 없을지도 모른다. 그래도 사람은 언제든 희망을 가져야 하고, 달리 찾을 벗을 갖지 아니한 구보는, 하여튼, 이제 자리에 앉아, 돌아올 벗을 기다려야 한다.

 여자를 동반한 청년이 축음기 놓여 있는 곳 가까이 앉아 있었다. 그는 노는 계집 아닌 여성과 그렇게 같이 앉아 차를 마실 수 있는 것에 득의와 또 행복을 느낄 수 있었는지도 모른다. 그의 육체는 건강하였고, 또 그의 복장은 화미(華美)하였고, 그리고 그의 여인은 그에게 그렇게도 용이하게 미소를 보여주었던 까닭에, 구보는 그 청년에게 엷은 질투와 또 선망을 느끼지 않으면 안 되었다. 그뿐 아니다. 그 청년은, 한 개의 인단용기(仁丹容器)와, 로-도 목약(目藥)을 가지고 있는 것에조차 철없는 자랑을 느낄 수 있었던 듯싶었다. 구보는 제 자신, 포용력을 가지고 있는 듯싶게 가장하는 일 없이, 그의 명랑성에 참말 부러움을 느낀다.
 그 사상에는 황혼의 애수와 또 고독이 승화되어 있었는지도 모른다. 구보는 극히 우울할 제 표정을 깨닫고, 그리고 이 안에 거울이 없음을 다행하여한다. 일찍이, 어느 시인이 구보의 이 심정을 가리켜 독신자의 비애라 하였다. 그러나 그것은 언뜻 그러한 듯싶으면서도 옳지 않았다. 구보가 새로운 사랑을 찾으려 하지 않고, 때로 좋은 벗의 우정에 마음을 의

탁하려 한 것은 제법 오랜 일이다.

어느 틈엔가 그 여자와 축복받은 젊은이는 이 안에서 사라지고, 밤은 완전히 다료 안팎에 왔다. 이제 어디로 가나. 문득, 구보는 자기가 그 동안 벗을 기다리면서도 벗을 잊고 있었던 사실에 생각이 미치고, 그리고 흐젓한 웃음을 웃었다. 그것은 일찍이 사랑하는 여자와 마주 대하여 권태와 고독을 느끼었던 것보다도 좀더 애처로운 일임에 틀림없었다.

구보의 눈이 갑자기 빛났다. 참 그는 그뒤 어찌 되었을고. 비록 어떠한 종류의 것이든 추억을 갖는다는 것은 사람의 마음을 고요하게, 또 기쁘게 하여준다.

동경의 가을이다. '간다'(神田) 어느 철물전(鐵物廛)에서 한 개의 '네일 크린피(손톱깎기)'를 구한 구보는 '짐보오초으(神保町)' 그가 가끔 드나드는 끽다점을 찾았다. 그러나 그것은 휴식을 위함도, 차를 먹기 위함도 아니었던 듯싶다. 오직 오늘 새로 구한 것으로 손톱을 깎기 위하여서만인지도 몰랐다. 그중 구석진 테이블. 그중 구석진 의자. 통속 작가들이 즐겨 취급하는 종류의 로맨스의 발단이 그곳에 있었다. 광선이 잘 안 들어오는 그곳 마룻바닥에서 구보의 발길에 차인 것. 한 권 대학노트에는 윤리학 석 자와 '임(姙)'자가 든 성명이 기입되어 있었다.

그것은 일종의 죄악일 게다. 그러나 젊은이들에게 그만한 호기심은 허락되어도 좋다. 그래도 구보는 다른 좌석에서 잘 안 보이는 위치에 노트를 놓고, 그리고 손톱을 깎을 것도 잊고 있었다.

제1장 서론. 제1절 윤리학의 정의. 2. 규범과학. 제2장 본론. 도덕 판단의 대상. C동기설과 결과설. 예 1. 빈가(貧家)의 자손이 효양(孝養)을 위해서 절도함. 2. 허영심을 만족하기 위한 자선 사업. 제2학기. 3. 품성 형성의 요소. 1. 의지필연론……

그리고 여백에, 연필로, 그러나 수치심은 사랑의 상상 작용에 조력(助力)을 준다. 이것은 사랑에 생명을 주는 것이다. 스탕달의 『연애론』의 일절. 그리고는 연락 없이, 『서부전선 이상 없다』. 요시야 노부코(吉屋信子). 아쿠타가와 류노스케(芥川龍之介). 어제 어디 갔었니.「라부파레드」를 보았니. …… 이런 것들이 씌어 있었다.

다료의 주인이 돌아왔다. 아 언제 왔소. 오래 기다렸소. 무슨 좋은 소식 있소. 구보는 대답 없이 자리에서 일어나, 노트와 단장을 집어들고, 저녁 먹으러 나갑시다. 그리고 속으로 지난날의 조그만 로맨스를 좀더 이어 생각하려 한다.

다료에서 나와, 벗과 대창옥(大昌屋)으로 향하며, 구보는 문득 대학노트 틈에 끼여 있었던 한 장의 엽서를 생각하여본다. 물론 처음에 그는 망설거렸다. 그러나 여자의 숙소까지를 알 수 있었으면서도 그 한 기회에서 몸을 피할 수는 없었다. 그는 우선 젊었고, 또 그것은 흥미있는 일이었다. 소설가다운 온갖 망상을 즐기며, 이튿날 아침 구보는 이내 여자를 찾았다. 우시코메루(牛込區) 야라이초(矢來町). 주인집은 그의 신조사(新潮社) 근처에 있었다. 인품 좋은 주인 여편네가 나왔다 들어간 뒤, 현관에 나온 노트 주인은 분명히…… 그들이 걸어가고 있는 쪽에서 미인이 왔다. 그들을 보고 빙그레 웃고, 그리고 지났다. 벗의 다료 옆, 카페 여급. 벗이 돌아보고 구보의 의견을 청하였다. 어때 예쁘지. 사실, 여자는, 이러한 종류의 계집으로서는 드물게 어여뻤다. 그러나 그는 이 여자보다 좀더 아름다웠던 것임에 틀림없었다.

어서 옵쇼. 설렁탕 두 그릇만 주―. 구보가 노트를 내어놓고, 자기의 실례에 가까운 심방(尋訪)에 대한 변해(辯解)를 하였을 때, 여자는, 순간에, 얼굴이 붉어졌었다. 모르는 남자에게 정중한 인사를 받은 까닭만이 아닐 게다. 어제 어디 갔었니. 요시야 노부코. 구보는 문득 그런 것들을 생각해 내고, 여자 모르게 빙그레 웃었다. 맞은편에 앉아, 벗은 숟가락 든 손을 멈추고, 빠안히 구보를 바라보았다. 그 눈은, 무슨 생각을 하고 있느냐, 물었는지도 모른다. 구보는 생각의 비밀을 감추기 위하여 의미 없이 웃어보였다. 좀 올라오세요. 여자는 그렇게 말하였다. 말로는 태연하게, 그러면서도 그의 볼은 역시 처녀답게 붉어졌다. 구보는 그의 말을 좇으려다 말고, 불쑥, 같이 산책이라도 안 하시렵니까, 볼일 없으시면. 그날은 일요일이었고, 여자는 마악 어디 나가려던 차인지 나들이옷을 입고 있었다. 통속소설은 템포가 빨라야 한다. 그 전날, 윤리학 노트를 집어들었을 때부터 이미 구보는 한 개 통속소설의 작자이었고 동시에 주인공이었던 것임에 틀림없었다. 그는 여자가 기독교 신자인 경우에는 제 자신 목사의 졸음 오는 설교를 들어도 좋다고까지 생각하고 있었다. 여자는 또 한번 얼굴을 붉히고, 그러나 구보가, 만약 볼일이 계시다면, 하고 말하였을 때, 당황하게, 아니에요 그럼 잠깐 기다려주세요, 그리고 여자는 핸드백을 들고 나왔다. 분명히 자기를 믿고 있는 듯싶은 여자 태도에 구보는 자신을 갖고, 참, 이번 주일에 무사시노칸(武藏野館) 구경하셨습니까. 그리고 그와 함께 그러한 자기가 하릴없는 불량 소년같이 생각되고, 또 만약 여자가 그렇게도 쉽사리 그의 유인에 빠진다면, 그것은 아무리 통속소설이라도 독자는 응당 작자를 신용하지 않을 게라고 속으로 싱겁게 웃었다. 그러나 설혹 그렇게도 쉽사리 여자가 그를 쫓더라도 구보는 그것을 경박하다고 생각하고 싶지 않았다. 그것에는 경박이란 문자는 맞지 않음 게다. 구보의 자부심으로서는 여자가 초면임에도 불구하고 자기를 족히 믿을 만한 남자라 알아볼 수 있도록 그렇게 총명하다고 생각하고 싶었다.

여자는 총명하였다. 그들이 무사시노칸 앞에서 자동차를 내렸을 때, 그러나 구보는 잠시 그곳에 우뚝 서 있을 수밖에 없었다. 그것은 뒤에서 내리는 여자를 기다리기 위하여서가 아니다. 그의 앞에 외국 부인이 빙그레 웃으며 서 있었던 까닭이다. 구보의 영어 교사는 남녀를 번갈아보고, 새로이 의미심장한 웃음을 웃고 오늘 행복을 비오, 그리고 제 길을 걸었다. 그것에는 혹은 삼십 독신녀의 젊은 남녀에게 대한 빈정거림이 있었는지도 모른다. 구보는 소년과 같이 이마와 콧잔등이에 무수한 땀방울을 깨달았다. 그래 구보는 바지 주머니에서 수건을 꺼내어 그것을 씻지 않으면 안 되었다. 여름 저녁에 먹은 한 그릇의 설렁탕은 그렇게도 더웠다.

이곳을 나와, 그러나, 그들은 한길 위에 우두커니 선다. 역시 좁은 서울이었다. 동경이면, 이러한 때 구보는 우선 은좌(銀座)로라도 갈 게다. 사실 그는 여자를 돌아보고, 은좌로 가서 차라도 안 잡수시렵니까, 그렇게 말하고 싶었었다. 그러나, 순간에, 지금 마악 보았을 따름인 영화의 한 장면을 생각해내고, 구보는 제가 취할 행동에 자신을 가질 수 없었을지도 모른다. 규중(閨中) 처자를 꼬여 오페라 구경을 하고, 밤늦게 다시 자동차를 몰아 어느 별장으로 향하던 불량 청년. 언뜻 생각하면 그의 옆얼굴과 구보의 것과 사이에 일맥 상통한 점이 있었던 듯도 싶었다. 구보는 쓰디쓰게 웃고, 그러나 그러한 것은 어떻든, 은좌가 아니라도 어데 이 근처에서라도 차나 먹고…… 참, 내 정신 좀 보아. 벗은 갑자기 소리치고 자기가 이 시각에 꼭 만나야 할 사람이 있음을 말하고, 그리고 이제 구보가 혼자서 외로울 것을 알고 있었으므로, 그는 미안한 표정을 지었다. 여자가 주저하며, 하며, 그만 집으로 돌아가야겠다고 구보를 곁눈질하였을 때에도, 역시 그러한 표정이었던 것임에 틀림없었다. 우리 열점쯤 해서 다방에서 만나기로 합시다. 열점. 응, 늦어도 열점 반. 그리고 벗은 전찻길을 횡단하여 갔다.

전찻길을 횡단하여 저편 포도 위를 사람 틈에 사라져버리는 벗의 뒷모양을 바라보며, 어인 까닭도 없이, 이슬비 내리던 어느 날 저녁 히비야(日比谷) 공원 앞에서의 여자를 구보는 애닯다, 생각한다.

아. 구보는 악연(愕然)히 고개를 들어 뜻없이 주위를 살피고 그리고 기계적으로, 몇 걸음 앞으로 나갔다. 아아, 그예 생각해내고 말았다. 영구히 잊고 싶다, 생각한 그의 일을 왜 기억 속에서 더듬었더냐. 애닯고 또 쓰린 추억이란, 결코 사람 마음을 고요하게도 기쁘게도 하여주는 것은 아니었다.

여자는 그가 구보와 알기 전에 이미 약혼하고 있었던 사나이의 문제를 가져, 구보의 결단을 빌었다. 불행히 그 사나이를 구보는 알고 있었다. 중학 시대의 동창생. 서로 소식 모르고 지낸 지 오 년이 넘었어도 그의 얼굴은 구보의 머릿속에 분명하였다. 그 우둔하고 또 순직한 얼굴. 더욱이 그 선량한 눈을 생각할 때 구보의 마음은 아팠다. 비 내리는 공원 안을 그들은 생각에 잠겨, 생각에 울어, 날 저무는 줄도 모르고 헤매돌았다.

 참지 못하고, 구보는 걷기 시작한다. 사실 나는 비겁하였을지도 모른다. 한 여자의 사랑을 완전히 차지하는 것에 행복을 느껴야만 옳았을지도 모른다. 의리라는 것을 생각하고, 비난을 두려워하고 하는, 그러한 모든 것이 도시 남자의 사랑이, 정열이, 부족한 까닭이라, 여자가 울며 탄(憚)하였을 때, 그 말은 그 말은, 분명히 옳았다, 옳았다.

 구보가 바래다주려도 아니에요, 이대로 내버려두세요, 혼자 가겠어요, 그리고 비에 젖어 눈물에 젖어, 황혼의 거리를 전차도 타지 않고 한없이 걸어가던 그의 뒷모양. 그는 약혼한 사나이에게로도 가지 않았다. 그가 불행하다면 그것은 오로지 사나이의 약한 기질에 근원할 게다. 구보는 때로, 그가 어느 다행한 곳에서 그의 행복을 차지하고 있는 것같이 생각하고 싶었어도, 그 사상은 너무나 공허하다.

 어느 틈엔가 황토마루 네거리에까지 이르러, 구보는 그곳에 충동적으로 우뚝 서며, 괴로운 숨을 토하였다. 아아, 그가 보고 싶다. 그의 소식이 알고 싶다. 낮에 거리에 나와 일곱 시간, 그것은 오직 한 개의 진정이었을지 모른다. 아아, 그가 보고 싶다. 그의 소식이 알고 싶다.

 광화문통 그 멋없이 넓고 또 쓸쓸한 길을 아무렇게나 걸어가며, 문득, 자기는, 혹은, 위선자나 아니었었나 하고, 구보는 생각하여본다. 그것은 역시 자기의 약한 기질에 근원할 게다. 아아, 온갖 악은 인생의 약함에서, 그리고 온갖 불행이……

또다시 너무나 가엾은 여자의 뒷모양이 보였다. 레인코트 위에 빗물은 흘러내리고 우산도 없이 모자 안 쓴 머리가 비에 젖어 애닮다. 기운 없이, 기운 있을 수 없이, 축 늘어진 두 어깨. 주머니에 두 팔을 꽂고, 고개 숙여 내어디디는 한걸음, 또 한걸음, 그 조그맣고 약한 발에 아무러한 자신도 없다. 뒤따라 그에게로 달려가야 옳았다. 달려들어 그의 조그만 어깨를 으스러지라 잡고, 이제까지 한 나의 말은 모두 거짓이었다고, 나는 결코 이 사랑을 단념할 수 없노라고, 이 사랑을 위하여는 모든 장애와 싸워가자고, 그렇게 말하고, 그리고 이슬비 내리는 동경 거리에 두 사람은 무한한 감격에 울었어야만 옳았다.

구보는 발 앞에 조약돌을 힘껏 찼다. 격렬한 감정을, 진정한 욕구를, 힘써 억제할 수 있었다는 데서 그는 값없는 자랑을 얻으려 하였었는지도 모른다. 이것이, 이 한 개 비극이 우리들 사랑의 당연한 귀결이라고 그렇게 생각하려 들었던 자기. 순간에 또 벗의 선량한 두 눈을 생각해내고 그의 원만한 천성과 또 금력이 여자를 행복하게 하여주리라 믿으려 들었던 자기. 그 왜곡된 감정이 구보의 진정한 마음의 부르짖음을 틀어막고야 말았다. 그것은 옳지 않았다. 구보는 대체 무슨 권리를 가져 여자의, 그리고 자기 자신의 감정을 농락하였나. 진정으로 여자를 사랑하였으면서도 자기는 결코 여자를 행복하게 하여주지는 못할 게라고, 그 부전감(不全感)이 모든 사람을, 더욱이 가엾은 애인을 참말 불행하게 만들어버린 것이 아니었던가. 그 길 위에 깔린 무수한 조약돌을, 힘껏, 차, 흩트리고, 구보는, 아아, 내가 그릇하였다, 그릇하였다.

철겨운 봄노래를 부르며, 열 살이나 그밖에 안 된 아이가 지났다. 아이에게 근심은 없다. 잘 안 돌아가는 혀끝으로, 술 주정꾼이 두 명, 어깨동무를 하고, 수심가를 불렀다. 그들은 지금 만족이다. 구보는, 문득, 광명을 찾은 것 같은 착각을 느끼고, 어두운 거리 위에 걸음을 멈춘다. 이제 그와 다시 만날 때, 나는 이미 약하지 않다. 나는 그 과오를 거듭 범하지 않는다. 우리는 영구히 다시 떠나지 않는다. ……그러나 그를 어디 가 찾누. 어허, 공허하고, 또 암담한 사상이여. 이 넓고, 또 휑엉한 광화문 거리 위에서, 한 개의 사나이 마음이 이렇게도 외롭고 또 가엾을 수 있었나. 각모(角帽) 쓴 학생과, 젊은 여자가 어깨를 나란히하여 구보 앞을 지나갔다. 그들의 걸음걸이에는 탄력이 있었고, 그들의 말소리는 은근하였다. 사랑하는 이들이여. 그대들 사랑에 언제든 다행한 빛이 있으라. 마치 자애 깊은 부로(父老)와 같이 구보는 너그럽고 사랑 가득한 마음을 가져 진정으로 그들을 축복하여준다.

 이제 어디로 갈 것을 잊은 듯이, 그러할 필요가 없어진 듯이, 얼마 동안을, 구보는, 그곳에가, 망연히 서 있었다. 가엾은 애인. 이 작품의 결말은 이대로 좋을 것일까. 이제, 뒷날, 그들은 다시 만나는 일도 없이, 옛 상처를 스스로 어루만질 뿐으로, 언제든 외롭고 또 애닯어야만 할 것일까. 그러나, 그 즉시 아아, 생각을 말리라. 구보는 의식하여 머리를 흔들고, 그리고 좀 급한 걸음걸이로 온 길을 되걸어갔다. 그래도, 마음에 아픔은 그저 있었고, 고개 숙여 걷는 길 위에, 발에 차이는 조약돌이 회상의 무수한 파편이다. 머리를 들어 또 한번 뒤흔들고, 구보는, 참말 생각을 말리라 말리라, ······
 이제 그는 마땅히 다방으로 가, 그곳에서 벗과 다시 만나, 이 한밤의 시름을 덜 도리를 하여야 한다. 그러나 그가 채 전차 선로를 횡단할 수 있기 전에 그는 '눈깔, 아저씨──' 하고 불리고 그리고 그가 걸음을 멈추고 돌아보았을 때, 그의 단장과 노트 든 손은 아이들의 조그만 손에 붙잡혔다. 어디를 갔다 오니. 구보는 웃는 얼굴을 짓기에 바쁘다. 어느 벗의 조카아이들이다. 아이들은 구보가 안경을 썼대서 언제든 눈깔아저씨라 불렀다. 야시 갔다 오는 길이라우. 그런데 왜 요새 토옹 집에 안 오우, 눈깔아저씨. 응, 좀 바빠서······ 그러나 그것은 거짓이었다. 구보는, 순간에, 자기가 거의 달포 이상을 완전히 이 아이들을 잊고 있었던 사실을 기억에서 찾아내고 이 천진한 소년들에게 참말 미안하다 생각한다.

가엾은 아이들이다. 그들은 결코 아버지의 사랑을 몰랐다. 그들의 아버지는 다섯 해 전부터 어느 시골서 따로 살림을 차렸고, 그들은, 그래, 거의 완전히 어머니의 손으로서만 길러졌다. 어머니에게, 허물은 없었다. 그러면, 아버지에게. 아버지도, 말하자면, 착한 이였다. 그러나 그에게는 역시 여자에게 대하여 방종성이 있었다. 극도의 생활난 속에서, 그래도, 어머니는 아이들을 학교에 보냈다. 열여섯짜리 큰딸과, 아래로 삼형제. 끝의 아이는 명년에 학령(學齡)이었다. 삶의 어려움을 하소연하면서도 그애마저 보통학교에 입학시킬 것을 어머니가 기쁨 가득히 말하였을 때, 구보의 머리는 저 모르게 숙여졌었다.

구보는 아이들을 사랑한다. 아이들의 사랑을 받기를 좋아한다. 때로, 그는 아이들에게 아첨하기조차 하였다. 만약 자기가 사랑하는 아이들이 자기를 따르지 않는다면—, 그것은 생각만 하여볼 따름으로 외롭고 또 애닯았다. 그러나 아이들은 그렇게도 단순하다. 그들은, 그들을 사랑하는 사람을 반드시 따랐다.

눈깔아저씨, 우리 이사한 담에 언제 왔수. 바루 저 골목 안이야. 같이 가아 응. 가보고도 싶었다. 그러나 역시, 시간을 생각하고, 벗을 놓칠 것을 염려하고, 그는 이내 그것을 단념하는 수밖에 없었다. 어찌할꼬. 구보는, 저편에 수박 실은 구루마를 발견하였다. 너희들 배탈 안 났니. 아니, 왜 그러우. 구보는 두 아이에게 수박을 한 개씩 사서 들려주고, 어머니 갖다드리구 노나 줍쇼, 그래라. 그리고 덧붙이어 쌈 말구 똑같이들 노나야 한다. 생각난 듯이 큰아이가 보고하였다. 지난번에 필운이아저씨가 바나나를 사왔는데, 누나는 배탈이 나서 먹지를 못했죠, 그래 막 까시(놀림)를 올렸더니만…… 구보는 그 말괄량이 소녀의, 거의 울가망이 된 얼굴을 눈앞에 그려보고 빙그레 웃었다. 마침 앞을 지나던 한 여자가 날카롭게 구보를 흘겨보았다. 그의 얼굴은 결코 어여쁘지 못했다. 뿐만 아니라 무에 그리 났는지, 그는 얼굴 전면에 대소(大小) 수십 편의 피쿠(반창고)를 붙이고 있었다. 응당 여자는 구보의 웃음에서 모욕을 느꼈을 게다. 구보는, 갑자기, 홍소(哄笑)하였다. 어찌면, 이제, 구보는 명랑하여질 수 있을지도 모른다.

그래도 집으로 자꾸 가자는 아이들을 달래어 보내고, 구보는 다방으로 향한다. 이 거리는 언제든 밤에, 행인이 드물었고, 전차는 한길 한복판을 가장 게으르게 굴러갔다. 결코 환하지 못한 이 거리, 가로수 아래, 한두 명의 부녀들이 서고, 혹은, 앉아 있었다. 그들은, 물론, 거리에 봄을 파는 종류의 여자들은, 아니었을 게다. 그래도, 이, 밤들면 언제든 쓸쓸하고, 또 어두운 거리 위에 그것은 몹시 음울하고도 또 고혹적인 존재였다. 그렇게도 갑자기, 부란(腐爛)된 성욕을, 구보는 이 거리 위에서 느낀다.

문득, 제비와 같이 경쾌하게 전보 배달의 자전차가 지나간다. 그의 허리에 찬 조그만 가방 속에 어떠한 인생이 압축되어 있을 것인고. 불안과, 초조와, 기대와, ……그 조그만 종이 위의, 그 짧은 문면(文面)은 그렇게도 용이하게, 또 확실하게, 사람의 감정을 지배한다. 사람은 제게 온 전보를 받아들 때 그 손이 가만히 떨림을 스스로 깨닫지 못한다. 구보는 갑자기 자기에게 온 한 장의 전보를 그 봉함(封緘)을 떼지 않은 채 손에 들고 감동하고 싶은 충동을 느꼈다. 전보가 못 되면, 보통 우편물이라도 좋았다. 이제 한 장의 엽서에라도, 구보는 거의 감격을 가질 수 있을 게다.

흥, 하고 구보는 코웃음쳐보았다. 그 사상은 역시 성욕의, 어느 형태로서의, 한 발현에 틀림없었다. 그러나 물론 이 결코 부자연하지 않은 생리적 현상을 무턱대고 업신여길 의사는 구보에게 없었다. 사실 서울에 있지 않은 모든 벗을 구보는 잊은 지 오래였고 또 그 벗들도 이미 오랫동안 소식을 전하여오지 않았다. 그들은, 모두, 지금, 무엇들을 하구 있을꼬. 한 해에 단 한 번 연하장을 보내줄 따름의 벗에까지, 문득 구보는 그리움을 가지려 한다. 이제 수천 매의 엽서를 사서, 그 다방 구석진 탁자 위에서, ……어느 틈엔가 구보는 가장 열정을 가져, 벗들에게 편지를 쓰고 있는 제 자신을 보았다. 한 장, 또 한 장, 구보는 재떨이 위에 생담배가 타고 있는 것도 깨닫지 못하고, 그가 기억하고 있는 온갖 벗의 이름과 또 주소를 엽서 위에 흘려썼다…… 구보는 거의 만족한 웃음조차 입가에 띠며, 이것은 한 개 단편소설의 결말로는 결코 비속하지 않다, 생각하였다. 어떠한 단편소설의 ——. 물론 구보는, 아직 그 내용을 생각하지 않았다.

그러나 그러한 것은 어떻든 벗들의 편지가 참말 보고 싶었다. 누가 내게 그 기쁨을 주지는 않는가. 문득 구보의 걸음이 느려지며, 그 동안, 집에, 편지가 와 있지나 않을까, 그리고 그것은 가장 뜻하지 않았던 옛 벗으로부터의 열정이 넘치는 글이나 아닐까, 하고 제맘대로 꾸며 생각하고 그리고 물론 그것이 얼마나 근거 없는 생각인 줄 알았어도, 구보는 그 애닯은 기쁨을 그렇게도 가혹하게 깨뜨려버리려 하지 않았다. 그러나 그것은 벗에게서 온 편지는 아닐지도 모른다. 혹은, 어느 신문사나, 잡지사나…… 그러면 그 인쇄된 봉투에 어머니는 반드시 기대와 희망을 갖고, 그것이 아들에게 무슨 크나큰 행운이나 약속하고 있는 것과 같이 몇 번씩 놓았다, 들었다, 또는 전등불에 비추어보았다…… 그리고 기다려도 안 들어오는 아들이 편지를 늦게 보아 그만 그 행운을 놓치고 말지나 않을까, 그러한 경우까지를 생각하고 어머니는 안타까워할 게다. 그러나 가엾은 어머니가 그렇게까지 감동을 가진 그 서신이 급기야 뜯어보면, 신문 일 회분의, 혹은 잡지 한 페이지분의, 잡문의 의뢰이기 쉬웠다.

구보는 쓰디쓰게 웃고, 다방 안으로 들어선다. 사람은 그곳에 많았어도, 벗은 있지 않았다. 그는 이제 이곳에서 벗을 기다려야 한다.

다방을 찾는 사람들은, 어인 까닭인지 모두들 구석진 좌석을 좋아하였다. 구보는 하나 남아 있는 가운데 탁자에 가 앉는 수밖에 없었다. 그래도, 그는 그곳에서 엘만의 「발스 산티만탈」을 가장 마음 고요히 들을 수 있었다. 그러나 그 선율이 채 끝나기 전에, 방약무인(傍若無人)한 소리가 구포씨, 아니요ㅡ. 구보는 다방 안의 모든 사람들의 시선을 온몸에 느끼며, 소리나는 쪽을 돌아보았다. 중학을 이삼 년 일찍 마친 사나이. 어느 생명보험회사의 외교원(外交員)이라는 말을 들었다. 평소에 결코 왕래가 없으면서도 이제 이렇게 알은체를 하려는 것은 오직 얼굴이 새빨개지도록 먹는 술 탓인지도 몰랐다. 구보는 무표정한 얼굴로 약간 끄떡하여보이고 즉시 고개를 돌렸다. 그러나 그 사나이가 또 한번, 역시 큰 소리로, 이리 좀 안 오시료, 하고 말하였을 때, 구보는 게으르게나마 자리에서 일어나, 그의 탁자로 가는 수밖에 없었다. 이리 좀 앉으시오. 참, 최군, 인사하지. 소설가, 구포씨.

이 사나이는, 어인 까닭인지 구보를 반드시 '구포'라고 발음하였다. 그는 맥주병을 들어보고, 아이 쪽을 향하여 더 가져오라고 소리치고, 다시 구보를 보고, 그래 요새도 많이 쓰시우. 무어 별로 쓰는 것 '없습니다.' 구보는 자기가 이러한 사나이와 접촉을 가지게 된 것에 지극한 불쾌를 느끼며, 경어를 사용하는 것으로 그와 사이에 간격을 두기로 하였다. 그러나 이 딱한 사나이는 도리어 그것에서 일종 득의감을 맛볼 수 있었는지도 모른다. 그뿐 아니라, 그는 한 잔 십 전짜리 차들을 마시고 있는 사람들 틈에서 그렇게 몇 병씩 맥주를 먹을 수 있는 것에 우월감을 갖고, 그리고 지금 행복이었을지도 모른다. 그는 구보에게 술을 따라 권하고, 내 참 구포씨 작품을 애독하지. 그리고 그러한 말을 하였음에도 불구하고 구보가 아무런 감동도 갖지 않는 듯싶은 것을 눈치채자, 사실, 내 또 만나는 사람마다 보구,

"구포씨를 선전하지요."

그러한 말을 하고는 혼자 허허 웃었다. 구보는 의미몽롱한 웃음을 웃으며, 문득, 이 용감하고 또 무지한 사나이를 고급(高給)으로 채용하여 구보 독자 권유원을 시키면, 자기도 응당 몇 십 명의, 또는 몇백 명의 독자를 획득할 수 있을지 모르겠다고 그런 난데없는 생각을 하여보고, 그리고 혼자 속으로 웃었다. 참 구포 선생, 하고 최군이라 불린 사나이도 말참견을 하여, 자기가 독견(獨鵑)의 「승방비곡(僧房悲曲)」과 윤백남(尹白南)의 「대도전(大盜傳)」을 걸작이라 여기고 있는

것에 구보의 동의를 구하였다. 그리고, 이 어느 화재보험회사의 권유원인지도 알 수 없는 사나이는, 가장 영리하게,

"물론 선생님의 작품은 따루 치고……"

그러한 말을 덧붙였다. 구보가 간신히 그것들이 좋은 작품이라 말하였을 때, 최군은 또 용기를 얻어, 참 조선서 원고료(原稿料)는 얼마나 됩니까. 구보는 이 사나이가 원호료라 발음하지 않는 것에 경의를 표하였으나 물론 그는 이러한 종류의 사나이에게 조선 작가의 생활 정도를 알려주어야 할 아무런 의무도 갖지 않는다.

그래, 구보는 혹은 상대자가 모멸을 느낄지도 모를 것을 알면서도, 불쑥, 자기는 이제까지 고료라는 것을 받아본 일이 없어, 그러한 것은 조금도 모른다 말하고, 마침 문을 들어서는 벗을 보자 그만 실례합니다. 그리고 그들이 무어라 말할 수 있기 전에 제자리로 돌아와 노트와 단장을 집어들고, 마악 자리에 앉으려는 벗에게,

"나갑시다. 다른 데로 갑시다."

밖에, 여름밤, 가벼운 바람이 상쾌하다.

조선호텔 앞을 지나, 밤늦은 거리를 두 사람은 말없이 걸었다. 대낮에도 이 거리는 행인이 많지 않다. 참 요사이 무슨 좋은 일 있소. 맞은편에 경성우편국 삼층 건물을 바라보며 구보는 생각난 듯이 물었다. 좋은 일이라니——. 돌아보는 벗

의 눈에 피로가 있었다. 다시 걸어 황금정으로 향하여, 이를테면, 조그만 기쁨, 보잘것없는 기쁨, 그러한 것을 가졌소. 뜻하지 않은 벗에게서 뜻하지 않은 엽서라도 한 장 받았다는 종류의……

"갖구말구."

벗은 서슴지 않고 대답하였다. 노형같이 변변치 못한 사람은 죽을 때까지 받아보지 못할 편지를 그리고 벗은 허허 웃었다. 그러나 그것은 공허한 음향이었다. 내용 증명의 서류 우편. 이 시대에는 조그만 한 개의 다료를 경영하기도 수월치 않았다. 석 달 밀린 집세. 총총하던 별이 자취를 감추고 하늘이 흐렸다. 벗은 갑자기 휘파람을 분다. 가난한 소설가와, 가난한 시인과…… 어느 틈엔가 구보는 그렇게도 구차한 내 나라를 생각하고 마음이 어두웠다.

"혹시 노형은 새로운 애인을 갖고 싶다 생각 않소."

벗이 휘파람을 마치고 장난꾼같이 구보를 돌아보았다. 구보는 흐젓하게 웃는다. 애인도 좋았다. 애인 아닌 여자도 좋았다. 구보가 지금 원함은 한 개의 계집에 지나지 않는지도 몰랐다. 또는 역시 어질고 총명한 아내라야 하였을지도 몰랐다. 그러다가 구보는, 문득 아내도 계집도 말고, 십칠팔 세의 소녀를, 만약 그럴 수 있다면, 딸을 삼고 싶다고 그러한 엄청난 생각을 하여보았다. 그 소녀는 마땅히 아리땁고, 명랑하고, 그리고 또 총명하여야 한다. 구보는 자애 깊은 아버지의 사랑을 가져 소녀를 데리고 여행을 할 수 있을 게다——.

갑자기 구보는 실소하였다. 나는 이미 그토록 늙었나. 그래도 그 욕망은 쉽사리 버려지지 않았다. 구보는 벗에게 알리고 싶은 것을 참고, 혼자 마음속에 그 생각을 즐겼다. 세 개의 욕망. 그 어느 한 개만으로도 구보는 이제 용이히 행복될지 몰랐다. 혹은 세 개의 욕망의, 그 셋이 모두 이루어지더라도 결코 구보는 마음의 안위를 이룰 수 없을지도 몰랐다.

역시 그것은 '고독'이 빚어내는 사상이었다.

나의 원하는 바를 월륜(月輪)도 모르네.

문득 춘부(春夫)의 일행시를 구보는 입 밖에 내어 외워본다. 하늘은 금방 빗방울이 떨어질 것같이 어둡다. 월륜은커녕, 혹은 구보 자신 알지 못하고 있을지도 모른다. 어느 틈엔가 종로에까지 다시 돌아와, 구보는 갑자기 손에 든 단장과 대학노트의 무게를 느끼며 벗을 돌아보았다. 능히 오늘밤 술을 사줄 수 있소. 벗은 생각하여보는 일 없이 고개를 끄덕이었다. 구보는 다시 다리에 기운을 얻어, 종각 뒤, 그들이 가끔 드나드는 술집을 찾았을 때, 그러나 그곳에는 늘 보던 여급이 없었다. 낯선 여자에게 물어, 그가 지금 가 있는 낙원정의 어느 카페 이름을 배우자, 구보는 역시 피로한 듯싶은 벗의 팔을 이끌어 그리로 가자, 고집하였다. 그 여급을 구보는 이름도 몰랐다. 이를테면 벗이 흥미를 가지고 있는 계집이었다. 마치 경박한 불량 소년과 같이, 계집의 뒤를 쫓는 것에서 값없는 기쁨이나마 구보는 맛보려는 심사인지도 모른다.

 처음에 벗은, 그러나, 구보의 말을 좇지 않았다. 혹은, 벗은 그 여급에게 흥미를 느끼지 않고 있었던 것인지도 모른다. 그러나 만약 그가 그 여자에게 무어 느낀 게 있었다 하면 그것은 분명히 흥미 이상의 것이었을 게다. 그들이 마침내, 낙원정으로, 그 계집 있는 카페를 찾았을 때, 구보는, 그러나, 벗의 감정이 그 둘 중의 어느 것도 아니었다는 것을 알았다. 혹은, 어느 것이든 좋았었는지도 몰랐다. 여하튼, 벗도 이미 늙었다. 그는 나이로 청춘이었으면서도, 기력과, 또 정열이 결핍되어 있었다. 까닭에 그가 항상 그렇게도 구하여 마지않는 것은, 온갖 의미로서의 자극이었는지도 모른다.
 여급이 세 명, 그리고 다음에 두 명, 그들의 탁자로 왔다. 그렇게 많은 '미녀'를 그 자리에 모이게 한 것은, 물론 그들의 풍채도 재력도 아니다. 그들은 오직 이곳에 신선한 객이었고, 그리고 노는 계집들은 그렇게도 많은 사나이들과 알은체하기를 좋아하였다. 벗은 차례로 그들의 이름을 물었다. 그들의 이름에는 어인 까닭인지 모두 '고'가 붙어 있었다. 그것은 결코 고상한 취미가 아니었고, 그리고 때로 구보의 마음을 애닯게 한다.
 "왜, 호구 조사 오셨어요."

새로이 여급이 그들의 탁자로 와서 말하였다. 문제의 여급이다. 그들이 그 계집에게 알은체하는 것을 보고, 그들의 옆에 앉았던 두 명의 계집이 자리를 양도하려 엉거주춤이 일어섰다. 여자는, 아니 그대루 앉아 있에요. 사양하면서도 벗의 옆에가 앉았다. 이 여자는 다른 다섯 여자들보다 좀더 어여쁠 것은 없었다. 그래도 어딘지 모르게 기품이 있어 보이기는 하였다. 벗이 그와 둘이서만 몇 마디 말을 주고받고 하였을 때, 세 명의 여급은 다른 곳으로 가버리고 말았다. 동료와 친근히 하고 있는 듯싶은 객에게, 계집들은 결코 흥미를 느끼지 않는다.

"어서 약주 드세요."

이 탁자를 맡은 계집이, 특히 벗에게 권하였다. 사실, 맥주를 세 병째 가져오도록 벗이 마신 술은 모두 한 곱보나 그밖에 안 되었던 것임에 틀림없었다. 그러나 벗은 오직 그 곱보를 들어보고 또 입에 대는 척하고, 그리고 다시 탁자에 놓았다. 이 벗은 음주불감증이 있었다. 그러나 물론 계집들은 그런 병명을 알지 못한다. 구보에게 그것이 일종의 정신병임을 듣고, 그들은 철없이 눈을 둥그렇게 떴다. 그리고 다음에 또 철없이 그들은 웃었다. 한 사나이가 있어 그는 평소에는 술을 즐기지 않으면서도 때때로 남주(濫酒)를 하여, 언젠가는 일본주를 두 되 이상이나 먹고, 그리고 거의 혼도(昏倒)를 하였다고 한 계집은 이야기를 하고, 그리고 그것도 역시 정신병이냐고 구보에게 물었다. 그것은 기주증(嗜酒症), 갈주증(渴酒症), 또는 황주증(荒酒症)이었다. 얼마 전엔가 구보가 흥미를 가져 읽은 현대의학대사전 제23권은 그렇게도 유익한 서적임에 틀림없었다.

갑자기 구보는 온갖 사람을 모두 정신병자라 친찰(親察)하고 싶은 강렬한 충동을 느꼈다. 실로 다수의 정신병 환자가 그 안에 있었다. 의상분일증(意想奔逸症). 언어도착증. 과대망상증. 추외언어증(醜猥言語症). 여자음란증. 지리멸렬증. 질투망상증. 남자음란증. 병적기행증. 병적허언기편증(病的虛言欺騙症). 병적부덕증. 병적낭비증……

그러다가, 문득 구보는 그러한 것에 흥미를 느끼려는 자기가, 오직 그런 것에 흥미를 갖는다는 것만으로도 이미 한 것의 환자에 틀림없다, 깨닫고 그리고 유쾌하게 웃었다.

그러면 무어, 세상 사람이 다 미친 사람이게ㅡ. 구보 옆에 조그마니 앉아, 말없이 구보의 이야기만 듣고 있던 여급이 당연한 질문을 하였다. 문득 구보는 그에게로 향하여 비스듬히 고쳐앉으며 실례지만, 하고 그러한 말을 사용하고, 그의 나이를 물었다. 여자는 잠깐 망설거리다가,

"갓 스물이에요."

여성들의 나이란 수수께끼다. 그래도 이 계집을 갓 스물이라 볼 수는 없었다. 스물다섯이나 여섯. 적어도 스물넷은 됐

을 게다. 갑자기 구보는 일종의 잔인성을 가져, 그 역시 정신병자임에 틀림없음을 일러주었다. 당의즉답증(當意卽答症). 벗도 흥미를 가져 그에게 그 병에 대하여 자세한 것을 물었다. 구보는 그의 대학노트를 탁자 위에 펴놓고, 그 병의 환자와 의원 사이의 문답을 읽었다. 코는 몇 개요. 두 갠지 몇 갠지 모르겠습니다. 귀는 몇 개요. 한 갭니다. 셋하구 둘하구 합하면. 일곱입니다. 당신 몇 살이오. 스물하납니다(기실 삼십팔 세) 매씨(妹氏)는. 여든한 살입니다. 구보는 공책을 덮으며, 벗과 더불어 유쾌하게 웃었다. 계집들도 따라 웃었다. 그러나 벗의 옆에 앉은 여급말고는 이 조그만 이야기를 참말 즐길 줄 몰랐던 것임에 틀림없었다. 특히 구보 옆의 환자는, 그것이 자기의 죄없는 허위에 대한 가벼운 야유인 것을 깨달을 턱 없이 흐흐대고 웃었다. 그는 웃을 때마다, 말할 때마다, 언제든 수건 든 손으로 자연을 가장하여, 그의 입을 가린다. 사실 그는 특히 입이 모양 없게 생겼던 것임에 틀림없었다. 구보는 그 마음에 동정과 연민을 느꼈다. 그러나 그것은 물론, 애정과 구별되지 않으면 안 된다. 연민과 동정은 극히 애정에 유사하면서도 그것은 결코 애정일 수 없다. 그러나 증오는——, 증오는 실로 왕왕히 진정한 애정에서 폭발한다…… 일찍이 그의 어느 작품에서 사용하려다 말았던 이 일절은 구보의 옅은 경험에서 유출된 것에 지나지 않았어도, 그것은 혹은 진리이었을지도 모른다. 그런 객쩍은 생각을 구보가 하고 있었을 때, 문득, 또 한 명의 계집이 생각난 듯이 물었다. 그럼 이 세상에서 정신병자 아닌 사람은 선생님 한 분이겠군요. 구보는 웃고, 왜 나두…… 나는, 내 병은,

"다변증(多辯症)이라는 거라우."

"무어요. 다변증……"

"응, 다변증. 쓸데없이 잔소리 많은 것두 다아 정신병이라우."

"그게 다변증이에요오."

 다른 두 계집도 입안말로 '다변증' 하고 중얼거려보았다. 구보는 속주머니에서 만년필을 꺼내어 공책 위에다 초(草)한다. 작가에게 있어서 관찰은 무엇에든지 필요하였고, 창작의 준비는 비록 카페 안에서라도 하여야 한다. 여급은 온갖 종류의 객을 대함으로써, 온갖 지식을 얻으려 노력하였다 ―. 잠깐 펜을 멈추고, 구보는 건너편 탁자를 바라보다가, 또 가만히 만족한 웃음을 웃고, 펜 잡은 손을 놀린다. 벗이 상반신을 일으키어, 또 무슨 궁상맞은 짓을 하는 거야 ―, 그리고 구보가 쓰는 대로 그것을 소리내어 읽었다. 여자는 남자와 마주 대하여 앉았을 때, 그 다리를 탁자 밖으로 내어놓고 있었다. 남자의 낡은 구두가 탁자 밑에서 그의 조그만 모양 있는 숙녀화를 밟을 것을 염려하여서가 아닐 게다. 그는, 오늘, 그가 그렇게도 사고 싶었던 살빛 나는 비단양말을 신을 수 있었다. 그리고 그것은 그렇게도 자랑스러웠던 것임에 틀림

없었다.

 흥, 하고 벗은 코로 웃고 그리고 소설가와 벗할 것이 아님을 깨달았노라 말하고, 그러나 부디 별의별 것을 다 쓰더라도 나의 음주불감증만은 얘기 말우—. 그리고 그들은 유쾌하게 웃었다.

 구보와 벗과 그들의 대화의 대부분을, 물론, 계집들은 알아듣지 못하였다. 그러면서도 그들은 능히 모든 것을 이해할 수 있었던 듯이 가장하였다. 그러나, 그것은 결코 죄가 아니었고, 또 사람은 그들의 무지를 비웃어서는 안 된다. 구보는 펜을 잡았다. 무지는 노는 계집들에게 있어서, 혹은, 없어서는 안 될 물건이나 아닐까. 그들이 총명할 때, 그들에게는 괴로움과 아픔과 쓰라림과…… 그 온갖 것이 더하고, 불행은 갑자기 나타나 그들의 마음을 사로잡고 말 게다. 순간, 순간에 그들이 맛볼 수 있는 기쁨을, 다행함을, 비록 그것이 얼마나 값없는 물건이더라도, 그들은 무지라야 비로소 가질 수 있다…… 마치 그것이 무슨 진리나 되는 듯이, 구보는 노트에 초(草)하고, 그리고 계집이 권하는 술을 사양 안 했다.
 어느 틈엔가 밖에 비가 내리고 있었다. 가만한 비다. 은근한 비다. 그렇게 밤늦어, 그렇게 은근히 비 내리면, 구보는 때로 애닲음을 갖는다. 계집들도 역시 애닲음을 가졌다. 그들은 우산의 준비가 없이 그들의 단벌 옷과, 양말과 구두가 비에 젖을 것을 염려하였다.

유키짱——. 보이지 않는 구석에서 취성(醉聲)이 들려왔다 구보는 창밖 어둠을 바라보며, 문득, 한 아낙네를 눈앞에 그려보았다. 그것은 '유키'——눈이 그에게 준 생각이었는지도 모른다. 광교 모퉁이 카페 앞에서, 마침 지나는 그를 작은 소리로 불렀던 아낙네는 분명히 소복을 하고 있었다. 말씀 좀 여쭤보겠습니다. 여인은 거의 들릴락말락한 목소리로 말하고, 걸음을 멈추는 구보를 곁눈에 느꼈을 때 그는 곧 외면하고, 겨우 손을 내밀어 카페를 가리키고, 그리고,

"이 집에서 모집한다는 것이 무엇이에요."

카페 창 옆에 붙어 있는 종이에 여급대모집(女給大募集). 여급대모집 두 줄로 나누어 씌어 있었다. 구보는 새삼스러이 그를 살펴보고, 마음에 아픔을 느꼈다. 빈한(貧寒)은 하였을지도 모른다. 그러나 그는 제 자신 일거리를 찾아 거리에 나오지 않아도 좋았을 게다. 그러나 불행은 뜻하지 않고 찾아와, 그는 아직 새로운 슬픔을 가슴에 품은 채 거리로 나오지 않으면 안 되었던 것일 게다. 그에게는 거의 장성한 아들이 있을지도 모른다. 혹은 그것이 아들이 아니라 딸이었던 까닭에 가엾은 이 여인은 제 자신 입에 풀칠하기를 꾀하지 않으면 안 되었을 게다. 그의 처녀 시대에 그는 응당 귀하게 아낌을 받으며 길러졌을지도 모른다. 그의 핏기 없는 얼굴에는 기품과, 또 거의 위엄조차 있었다. 구보가 말을, 삼가, 여급

이라는 것을 주석(註釋)할 때, 그러나, 그 분명히 마흔이 넘었을 아낙네는 그의 말을 끝까지 듣지 않고, 혐오와 절망을 얼굴에 나타내고, 구보에게 목례한 다음, 초연히 그 앞을 떠났다.

구보는 고개를 돌려, 그의 시야에 든 온갖 여급을 보며, 대체 그 아낙네와 이 여자들과 누가 좀더 불행할까, 누가 좀더 삶의 괴로움을 맛보고 있는 걸까, 생각하여보고 한숨지었다. 그러나 그 좌석에서 그러한 생각을 하는 것은 옳지 않았을지도 모른다. 구보는 새로이 담배를 피워물었다. 그러나 탁자 위에 성냥갑은 두 갑이 모두 비어 있었다.

조그만 계집아이가 카운터로 달려가 성냥을 가져왔다. 그 여급은 거의 계집아이였다. 그가 열여섯이나 열일곱, 그렇게 말하더라도, 구보는 결코 의심하지 않았을 게다. 그 맑은 두 눈은 그의 두 뺨의 웃음우물은 아직 오탁(汚濁)에 물들지 않았다. 구보가 그 소녀에게 애닯음과 사랑과, 그것들을 한꺼번에 느낄 수 있었던 것은 결코 취한 탓만이 아니었을지도 모른다. 너 내일, 낮에, 나하구 어디 놀라가련. 구보는 불쑥 그러한 말조차 하며 만약 이 귀여운 소녀가 동의한다면, 어디 야외로 반일(半日)을 산책에 보내도 좋다고 생각한다. 그러나 소녀는 그 말에 가만히 미소하였을 뿐이다. 역시 그 웃음우물이 귀여웠다.

구보는, 문득, 수첩과 만년필을 그에게 주고 가(可)면 ○

를, 부(否)면 ×를, 그리고, ○인 경우에는 내일 정오에 화신 상회 옥상으로 오라고, 네가 무어라고 표를 질러놓든 내일 아침까지는 그것을 펴보지 않을 테니 안심하고 쓰라고, 그런 말을 하고, 그 새로 생각해낸 조그만 유희에 구보는 명랑하게 또 유쾌하게 웃었다.

 오전 2시의 종로 네거리 ─ 가는 비 내리고 있어도, 사람들은 그곳에 끊임없다. 그들은 그렇게도 밤을 사랑하여 마지 않았는지도 모른다. 그들은 그렇게도 용이하게 이 밤에 즐거움을 구하여 얻을 수 있었는지도 모른다. 그리고 그들은 일순, 자기가 가장 행복된 것같이 느낄 수 있었는지도 모른다. 그러나 그들의 얼굴에, 그들의 걸음걸이에 역시 피로가 있었다. 그들은 결코 위안받지 못한 슬픔을, 고달픔을 그대로 지닌 채, 그들이 잠시 잊었던 혹은 잊으려 노력하였던 그들의 집으로 그들의 방으로 돌아가지 않으면 안 된다.
 이렇게 밤늦게 어머니는 또 잠자지 않고 아들을 기다릴 게다. 우산을 가지고 나가지 않은 아들에게 어머니는 또 한 가지의 근심을 가질 게다. 구보는 어머니의 조그만, 외로운, 슬픈 얼굴을 생각하였다. 그리고 제 자신 외로움과 또 슬픔을 맛보지 않으면 안 된다. 구보는 거의 외로운 어머니를 잊고 있었던 것임에 틀림없었다. 그러나 어머니는 그 아들을 응당, 온 하루, 생각하고 염려하고, 또 걱정하였을 게다. 오오,

한없이 크고 또 슬픈 어머니의 사랑이여. 어버이에게서 남편에게로, 그리고 다시 자식에게로, 옮겨가는 여인의 사랑—그러나 그 사랑은 자식에게로 옮겨간 까닭에 그렇게도 힘있고 또 거룩한 것이 아니었을까.

구보는, 벗이 그럼 또 내일 만납시다. 그렇게 말하였어도, 거의 그것을 알아듣지 못하였다. 이제 나는 생활을 가지리라. 생활을 가지리라. 내게는 한 개의 생활을, 어머니에게는 편안한 잠을—. 평안히 가 주무시오. 벗이 또 한번 말했다. 구보는 비로소 그를 돌아보고, 말없이 고개를 끄떡하였다. 내일 밤에 또 만납시다. 그러나, 구보는 잠깐 주저하고, 내일, 내일부터, 나 집에 있겠소, 창작하겠소—.

"좋은 소설을 쓰시오."

벗은 진정으로 말하고, 그리고 두 사람은 헤어졌다. 참말 좋은 소설을 쓰리라. 번(番) 드는 순사가 모멸을 가져 그를 훑어보았어도, 그는 거의 그것에서 불쾌를 느끼는 일도 없이, 오직 그 생각에 조그만 한 개의 행복을 갖는다.

"구보—"

문득, 벗이 다시 그를 찾았다. 참, 그 수첩에다 무슨 표를 질렀나 좀 보우. 구보는, 안주머니에서 꺼낸 수첩 속에서, 크고 또 정확한 ×표를 찾아내었다. 쓰디쓰게 웃고, 벗에게 향하여, 아마 내일 정오에 화신상회 옥상으로 갈 필요는 없을까보오. 그러나 구보는 적어도 실망을 갖지 않았다. 설혹 그것이 ○표라 하였더라도 구보는 결코 기쁨을 느낄 수는 없었을 게다. 구보는 지금 제 자신의 행복보다도 어머니의 행복을 생각하고 싶었을지도 모른다. 그 생각에 그렇게 바빴을지도 모른다. 구보는 좀더 빠른 걸음걸이로 은근히 비 내리는 거리를 집으로 향한다.

어쩌면, 어머니가 이제 혼인 얘기를 꺼내더라도, 구보는 쉽게 어머니의 욕망을 물리치지는 않을지도 모른다.

딱한 사람들

1. 5−2=3

순구가 잠을 깨었을 때 진수는 방에 없었다. 변소에라도 간 것이라면 응당 벽에 걸려 있어야 할 진수의 양복 저고리와 모자도 눈에 띄지 않았다. 어딜 또 혼자 나갔누. 순구는 자기에게 한마디 말도 없이 밖으로 나간 진수의 태도에 불만과 반감을 아니 느낄 수 없었다. 순구와, 진수와, 같이 한 방에서 지내오면서도 근래는 서로 말을 주고받고 하는 일조차 드물었다. 서로 등을 치고 쾌활하게 웃고 하는 그러한 것은, 이제 와서는 오직 지난날의 회상 속에서만 구할 수 있었다. 젊은 그들의 위에 마땅히 있어야 할 온갖 좋은 것들을, 궁핍한 생활이 말끔 빼앗아간 듯싶었다. 순구는 저 모르게 가만한 한숨조차 토한다······ 생각난 듯이 베개 위에서 고개를 치켜들고 대체 지금 몇 점이나 되었누. 그러나 물론 시계와 같은 사치품은 그들 방에 없었다. 그래도 동편으로 난 유리

창으로 이미 햇발이 찾아들지 않는 것을 보면, 분명히 열한 점은 넘은 게다. 시간의 관념과 함께 뱃속이 몹시도 쓰린 것을 느꼈을 때, 그는 마침 하품을 하느라고 벌렸던 입을 으음 하는 가만한 웅얼거림과 함께 다물어버렸다. 굶나, 오늘 또 굶나. 순구는 베개를 고쳐 베고 또 한번 선하품을 하고, 굶는 것은 할 수 없더라도 담배, 담배나 있었으면. 담배는 있었다. 순구는 부리나케 자리 속에서 상반신을 일으켰다. 이제 잘 자리에 세어보니, 그렇다. 다섯 개. 분명히 다섯 개. 그러나 그가 머리맡에서 담뱃갑을 찾아들었을 때, 그 속에는 담배가 두 개밖에 들어 있지 않았었다. 웬일일까. 분명히 다섯 개여야만 할 텐데. 그러나 그 즉시 진수 생각을 하고, 순구는 입맛을 다시고 싶은 것을 참으며, 드윽 성냥을 그었다. 모로 다시 자리에 들어 누워서 한 모금 텅 빈 창자 속까지 숨어든 듯싶은 담배 연기가 그에게 현기증을 주었다. 눈을 감고, 코로 입으로 가만히 연기를 토하고 났을 때, 순구의 망막 위에 갑자기 한 개의 산식이 떠올랐다. $5-2=3$ 틀림없이 진수는 세 개다. 흥하고 코웃음 치고, 먼저 잠이 깬 놈은 담배 한 대 더 먹을 권리도 있다는 말인가. 그 말을 자기 자신 확실히 듣고 싶기나 한 듯이 그는 일부러 입 밖에까지 내어 중얼거려보았다. 자기가 자고 있는 사이에, 그 자고 있는 것을 기화로 삼아, 진수가 부당한 이득을 꾀하였나 하면, 순구에게는 그의 소행이 가증하게까지 생각되었다. 무얼 담배 한 개쯤을. 돌이켜 생각하려고도 하였으나, 문제는 결코 한 개의 담배에 있지 않다. 친구간의 정의라는 것, 공동 생활의 도덕이라는 것. 그리고 그와 함께, 그는 진수의 온갖 결점이며 약점을 찾아내려 들다가, 갑자기 그러한 자기의 심정이 딱하고 부끄럽고 그리고 천박하게까지 생각되어, 순구는 자리 속에서 팔을 뻗어 바른편 넓적다리를 북북 피가 나게 긁었다.

2. 감정의 자독(自瀆)

자리 속에 그래로 누운 채 손을 내밀어 신문을 펴들고 우선 눈을 주는 것은 '삼행 광고(三行廣告)의' '고입란(雇入欄).' 언제부터 시작이 되었는지 그것도 이제는 한 개의 습관이다. 활판(活版). 건축(建築). 기술(技術). ラヂ. 선반(旋盤). ミシ. 화복(和服). 화복. 화복. 가로 쭈욱, 대강 윗자만 훑어가다가 잠깐 시선을 멈춘 곳이,

```
運轉手   助手募集住込有給卽乘車
        甲乙臨住込多電四谷一八四三
        四谷大木戶停留橫 東京運轉手會
```

> (운전수, 조수 모집. 유급. 즉시 승차. 갑을증(면
> 허증) 입주해서 다니는 사람 많음. 전화 요쓰야
> 1843. 요쓰야 오키토 정류장 옆 동경운전수회.)

  그러나 그 즉시 '운전수회'에 수수료로 이 원을 지불하고, 아무 운전수에게나 부림을 받고, 동경 시중을 밤낮으로 자동차를 달려야만 하고, 단칸방에 다섯씩 여섯씩 아무렇게나 쓰러져 자고, 자다가도 흔들어 깨우면 눈을 부비고 일어나야만 하고, 물론 신문 한 장 볼 시간이란 있을 턱 없고, 그리고 일급이 오십 전…… 그보다도 우선 자기의 약하디약한 체질이 단 하루라도 그 일에 견디어날 턱이 없다고, 언제든 하는 생각을 또 한번 하였을 때, 순구의 눈은 그 다음을 더듬고 있었다. 부인(婦人). 부인. 교환(交換). 적옥(赤玉). 적옥. 그리고 그 다음에,

> **外勤** 業務容易家庭日用品飛程賣
> れる　生活安定保證
> 芝區新橋一ノ十四 日東商會
> (외근. 업무 용이. 가정 일용품 날개 돋친
> 듯 팔림. 생활 안정 보증. 시바쿠 신바시 1
> 의 24. 일동상회.)

순구는 잠깐 이곳에 눈을 멈추고, 생활, 안정, 보증, 그런 것을 일부러 입 밖에 내어 중얼거려보았다. 그러나, 다음 순간 스스로를 비웃는 웃음이 그의 입가에 떠올랐다. 이 전황한 시대에 그런 고얀 놈의 취직처가 신문의 삼행 광고를 이용하여야만 사람을 구할 것도 아니겠고, 말하자면 보증금 얼마 들여놓고 빨랫비누나 개수통 팔러 다니는 것이겠고, 또 설혹 그것이 정말 좋은 자국이더라도 그러면 지금쯤은 벌써 구직자들이 뒤를 이어 그 집 문턱을 드나든 끝일 게고, 자기에게는 우선 신바시까지 갈 전차값도 없고, 또 이렇게 굶고서야 물론 걸어갈 기운이란 있을 턱 없고…… 그래 그것도 단념을 하고 다음은 쭈욱 연대어, 여중(女中). 여중. 여중. 여중. 여중. 여중. 여중. '조추우(가정부)'에 순구가 그만 진력이 났을 때 마지막으로,

---

配達 員募集十十歲迄大至急無勸誘
適苦學 麴町元園町 一ノ十九
市電麴町三丁目下車加納新聞店
(배달원 모집. 20세까지. 매우 급함. 권유하지 않아도 됨. 고학생에 적당. 고지마치 모토소노초 1의 19. 시내전차 고지마치 3정목 하차. 가노신문점.)

그러나 순구는 손을 내밀어 한 개 남은 담배에 불을 붙인 다음 신문의 다른 페이지를 펴들고 연재소설을 대어 읽었다. 신문 배달부 모집은, 운전수 조수 모집보다 더 빈번하게 광고가 났다. 그리고 그것은 무엇보다도 우울한 직업이었고, 첫째 순구는 올해 스물넷. 그러니까 결국 순구는 오늘 하루 구직을 단념할 수밖에 없다고 생각하였다. 그러나 대어보는 소설을 세 개, 모조리 읽고, 그리고 다 탄 담배를 아깝게 마지막으로 한 모금 빤 다음, 몸을 뒤쳐 그것을 재떨이에다 비벼서 껐을 때, 순구는 갑자기 자기가 실상은 직업을 얻기를 원하지 않는 것이나 아닐까 하고 생각하였다. 그럴 리가 없지, 그럴 리가 없지. 황망하게 그것을 부인하려고도 하였으나 그러나 순구는 자기가 구직 문제와 마주 대하여 섰을 때, 일찍이 정열을 가져보지 못하였다는 사실을 아무리 싫어도 시인하지 않을 수 없었다. 그가 신문의 '삼행 광고'를 더듬는 그 태도에는 그 심정에는 분명히 불순한 분자가 섞여 있었다. 그것은 전혀 순구가 자기 자신을 속이기 위하여서의 행위에 지나지 않는지도 몰랐다. 나는 결코 일하기를 싫어하는 자가 아니다. 일을 얻기 위하여 내딴은 노력하고 있다. 그러나 구하여도 내게 차례올 일이란 하나도 없지 않으냐 하고, 단순히 그러한 구실을 얻기 위하여, 그래 순구는 삼행 광고를 더듬어보는 것인 듯싶었다. 까닭에 그가 자기 앞에 던져진 취직의 기회가 없다는 것을 알 때마다 그의 입술을 새어

나오는 한숨은 결코 절망의 것이 아니라, 일종 안도에 가까운 것이었다. 뿐만 아니라, 그는 자기 자신 응모자의 한 사람으로 참여할 수 있는, 그러한 종류의 일자리에 대하여도 교묘한 이유를 생각해내어 그 기회에서 자기 자신을 피하여오고 피하여오고 하였던 것이 아닌가. 그것은 진실한 생활에서의 도피가 아닐 수 없다…… 이틀째의 굶음과 흥분과 감격과 그리고 스스로를 매질하는 마음과…… 어느 틈엔가 눈물이 두 줄 순구의 영양 불량으로 여위고 핏기 없는 뺨 위를 흘러내리려고 한다.

3. 그들의 부동산 목록

그로서 삼십 분. 흥분과, 감격과, 그리고 스스로를 매질하는 마음과, 그런 것들이 사라진 뒤, 순구에게는 다시 배고픔만이 남아 있었다. 이제 온종일을 이렇게 굶어야만 하나, 하고 암만을 되풀이한다더라도 변통성 없는 생각을 또 하려니까 제풀에 진수 얼굴이 눈앞에 떠오른다. 참말이지, 같은 굶기라도 옆에 진수나 있었으면…… 진수는 대체 어딜 그렇게 쏘다니누. 그러다가 순구는 번개같이 누구 친구 집이라도 찾아간 것일까. 만약 그렇다면 진수는 요기를 하였을지도 모르겠다고, 저만 먹으면 남이야 굶든 말든 상관이 없단 말이냐.

저도 모르게 입술을 경련시켜보기도 하였으나 그러나 그런 것을 생각하는 것은 지금 순구에게는 견딜 수 없는 노릇이었다. 순구는 기운 없이 머리를 흔들고 그리고 거의 기계적으로 휑한 눈을 들어 방안을 살펴본다. 때묻은 학생복. 소매깃이 다 닳은 '유카다(무명 홑옷)' 세수수건이 두 개. 얼금뱅이 책상. 원고지와 펜과 잉크와 만년필. 묵은 잡지가 네 권하고 책이 한 권. 재떨이와 낡은 '마도로스 파이프'와 이십오 전짜리 안전 면도. '오시이레(받침)' 속을 들여다본다면, 그 속에 진수의 침구. 석 달 치 모아놓은 신문더미, 빈 담뱃갑. 성냥갑. 뚫어진 양말이 몇 켤레. 이미 열흘째 사용한 일이 없는 '석유곤로.' 밑바닥에 쌀 한 알 남지 않은 부대. 냄비. 공기. 주전자. 접시. 찻종. 젓가락. 간장병. 석유병. 그리고 나머지는 '다카시마야'에서 한 가지 십 전씩에 사온 물통. 도마. 식칼. 국자. 이 집 문간에 놓인 '게다'와 밑바닥이 뚫어져 안으로 마분지를 대어 신는 구두가 한 켤레. 그리고 진수가 몸에 붙이고 나간 것들과, 현재 순구가 두르고 있는 물건들. 이상이 그들의 '부동산'의 전부인 듯싶었다. 인제 그만인가. 아니, 또 있었다. 책상 서랍 속에 들어 있는 다섯 장의 전당표…… 어제, 그들은 오늘보다 한 권의 책을 더 가지고 있었다. 진수가 그것을 들고 나가 담배 한 갑과 바꾸어왔다. '부하린'의 『유물사관』에 대하여 서점에서는 그들에게 십 전밖에 지불하지 않았다. 그 십 전을 가지고는 둘이서 배를 채울

길이 없었다. '이마가와야키'라도 사서 먹는다면…… 그러나 그 전날 밤 저녁밥을 마침 찾아온 윤필이 덕에 먹을 수 있었던 어제날의 그들은, 밥생각보다도 담배 생각이 좀더 간절하였던 것임에 틀림없었다. 그 십 전이 오늘 또 있었으면 하고도 생각하여보는 순구였으나 책상 위에 남아 있는 이제 단 한 권의 책이라는 것이, *A Study in Practical English*. 정가는 어엿하게 일 원이라고 매겨 있어도 진수가 한 달 전에 헌 책사에서 십 전에 구한 것. 네 권 있는 잡지래야 야시에서 이 전 삼 전에 사온 것들뿐…… 순구는 선하품만 하다가 문득 윤필이를 생각하고 태식이를 생각하고 참 이런 때 태식이나 왔으면 하였다.

4. 굴 욕

그저께 저녁때 찾아온 윤필이더러 언제 태식이 봤냐고 물으니까, 바로 오는 길에 '성선(省線)' 속에서 만나, 그러지 않아도 같이 오려고 그랬더니 만날 사람이 있어 오늘은 안 되고, 내일이나 모레쯤, 틈 봐서 가보죠. 그리고 '오카치마치(御徒町)'에서 내리더라고. 그러니까, 내일이나 모레쯤 어쩌면 올 걸세. 그러던 윤필이의 말이 배가 고프니까 역시 생각이 나지 않을 수 없었다. 태식이는 정말 와줄까. 몸을 뒤쳐

요 위에 배를 깔고, 머리맡에다 신문 한 장을 펴놓고, 그리고 순구는 재떨이 속의 탄지를 하나 집어든다. 틈 봐서 와보죠 했다니까 꼭 올 까닭도 없을 게고…… 순구는 왼손으로 탄지 입 담은 데를 쥐고 바른손의 엄지와 검지로 담배 끝 까맣게 탄 것을 비벼 떨고…… 와야, 단 얼마라도 내게 착취를 당하고야 말 것이요, 또 그것은 저도 잘 알고 있는 터이요, 제가 무슨 '보살심'으로…… 담배 말은 종이를 벗기어 알맹이를 신문지 위에다 떨고 순구는 또 새로이 탄지 하나를 집어든다. 그러니 태식이는 올 듯도 싶지 않고, 그러나, 태식이라도 와주지 않으면, 오늘 하루는 염려 없이 굶었고……, 탄지의 알맹이를 또 신문지 위에 털고, 그리고 하나 또 하나, 똑같은 동작이 일곱 번 거듭된 뒤, 재떨이 속에 집어들 탄지가 없다. 상반신을 베개 위로 치켜올리고 손을 내밀어 '마도로스 파이프'를 집어들고, 왼손의 엄지와 검지와 장가락과 세 손가락으로 탄지 털어모은 부스러기 담배를 골통에다 주워담으며, 그래도 순구는, 올 듯도 싶지 않은 태식이를, 어서 부디 오지라 하고 빌었다. 순구는 성냥을 집어들다 말고 문득 귀를 기울여본다. 층계를 올라오는 발소리를 들은 까닭이다. 태식이나 아닐까. 그러나 쿵쿵거리며 올라오던 발소리가 장지 밖에 와 뚝 그쳤을 때, 순구는 얼굴을 최대한도로 찡그리고 '파이프'와 성냥갑을 머리맡에 소리없이 놓고, 그리고 손과 머리를 이불 속으로 넣었다. 빌어먹을 년이 왜 또 올라와. 또 방값 재촉이냐. 제가 언제 방을 한번 치워주기를 하나, 편지나 신문 왔대야 갖다 주기를 하나, 사실 방값이래도 재촉하기 위하여서밖에 주인 여편네가 그들 방에 볼일은 없었다. 사이상 하고 주인 여편네는 불렀다. 잡아 흔들어 깨우기라도 하기 전엔 대답을 말리라. 순구는, 순간에, 결심을 하면서, 도대체 이 빌어먹을 년이 왜 하필 나 혼자 있는 때를 골라 이 성환가, 진수는 어째 또 그렇게 공교롭게 나가버렸누. 그 중에도 더욱이 진수는 이러한 경우를 예측하고 몸을 피한 듯싶어, 순구는 의식하고 이불 속에서 험악한 표정을 지어본다. 또, 사이상, 하고 계집은 불렀다. 순구는 이제 저 계집이 한두 번을 더 불러 설혹 자기가 정말 자고 있었더라도 대답을 안 하여서는 부자연하게 될, 그러한 경우를 생각하고, 그때는 대체 어떻게 하누 하고 마음을 태웠다. 마침내 드드드득하고 장지가 열리고 그리고 다음에 계집의 '아라마아' 하고 놀라는 소리가 들렸다. 순구는 사태가 절박하였다, 생각하며, 그러한 순간에도 남 보이기에 부끄럽도록이나 살풍경한 방안을 생각하고, 얼굴이 붉어지는 것을 스스로 느꼈다. 무엇보다도 윤필이가 작년 여름에 '구즈야(層屋·고물장수)'에게 내어주려다, 오십 전이란 평가를 받고, 그럼 그만두라는 것을, 내게나 기부하게. 그래 얻어가진 다 낡은 이부자리 속에가 오정이 훨씬 넘었을 이 시각에 몸을 옹송그리고 누워 있는 꼴이란 순구 자신이 생각하여보더라도 불결한 풍경임에 틀림없었다. 더구나 이러고 누워 있는 것이, 일어나더라도 밥 한 술 생길 도리가 없어서의 일이라 덧붙이어 생각하니, 현재 이 꼴을 보고 있는 것이 방값 달라러 왔을 주인 여편네라, 순구는 자리 속에서 얼마든지 얼굴이 붉어지는 것이다. 계집은 방안으로 들어와 순구의 발치를 돌아서 아마 추측에는 '도코노마'로 가는 모양이다. 조금 있다, 무엇인지 유지장이라도 둘둘 마는 듯싶은 소리가 그 편에서 들렸다. 하, 하, 족자로구나. 순구는 직각하였다. 그 족자라는 것은, 낚싯대를 어깨에 멘 늙은이가 종자를 데리고 다리를 지나는데, 산에 들에 눈이 하얗게 쌓여 있는, 아무데서나 흔히 볼 수 있는 그러한 평범한 종류에 지나지 않았다. 그것은 그들이 이 방을 얻어들기 전부터 그곳에가 걸려 있었던 것임에 틀림없었다. 그것을 주인 여편네는 그들이 떠나오던 날 이것은 언제 무슨 일이 있었을 때 어떻게 되는 아무개한테 선사로 받은 것으로, 이러한 것 잘 아는 누구 말을 들으면, 지금 막 들고 나가더라도 암만은 받느니 어쩌니 하고 한바탕 수다를 떤 다음에, 그대로 여기 걸어두죠. 나지도 않는 생색을 내려 들었던 것이다. 그리던 것을 왜 또 지금 떼어가는 것인지 더구나 남 자는 데 굳이 들어와 그런 것까지는 없지 않은가 하고, 계집의 무례한 행동을 괘씸하게 여겨보려고도 하였으나, 그래도 그렇게 근심하던 방값 재촉이 아니었다는 것이 무엇보다도 순구에게는 다행하였다. 장지가 다시 드드드득하고 닫혀지는 동안 순구는 태산명동 서일필. 입안말로 중얼거려보고 층계가 또 한번 쿵쿵쿵쿵 울린 다음에야 생각난 듯이 이불을 젖히고 머리를 완전히 밖에 내어놓았다. 그렇게 생각을 하여서 그런지, 가뜩이나 한 방안이 좀더 쓸쓸하여진 듯싶었다. 무얼 그까짓 것 있으나 없으나…… 혼자 속으로 중얼거려보다가, 그러나 그년이 그건 왜 또 갑자기 떼가누. 그리고 그 즉시 순구는 눈을 무섭게 부릅떴다. 혹은 내가 그까짓 것 가지고 어쩌기라도 할까봐. 그러한 추측이 선 까닭이다. 사람의 일이란 알 수 있나. 저엉 궁하면 별별 짓을 다하는 것이니 혹시 제 방에 걸린 족자 같은 것 팔아먹기라도 한다면 하고 그 따위 생각을 제 마음대로 하고, 아주 생각난 김에. 그래 그년이 그렇게 뛰어올라왔는지도 모를 일이다. 순구는 그곳에 무한한 굴욕을 느끼고 얼굴을 붉히고 숨을 험하게 쉬어보고, 하였다. 그래 그년이 그럴 수가 있나. 순구는 제 감정을 과장시켜 자리 위에가 벌떡 일어나 앉아보았다. 그래 그년이, 그년이…… 그러나 그는 힘없이 다시 자리에 누워, 몸을 뒤쳐 배를 깔고 그리고 '마도로스 파이프'에 불을 붙였다. 설혹 그렇더라도 내가 어쩔 테란 말인고. 그뿐 아니라 이 굴욕은 나에게만이 아니라 진수에게도 마땅히 분담될 게다. 그리고 뜻 모르게 입을 비쭉해보기도 하였으나, 그것은 역시 그에게 외로운 표정을 지어준다.

5. 5−2=2+1

 오오츠카 공원(大塚公園), 그 우울한 벤치에가, 오늘도 진수는 앉아 있었다. 나무 잎새 우거진 이 아늑한 자리에서는 공원 한복판의 빈 터전과 그 터전 건너편의 분수탑이 보인다. 때때로 찾아드는 향기로운 바람. 이 결코 넓지 못한 공원에서 그만큼 묘한 자리를 구하기는 힘들 게다. 그러나 진수는 제 자신 그것을 깨닫지 못한다. 공원 마당에서 아이들이 공을 차고 뜀박질을 하고 줄넘기를 하였다. 모두 어제도 그저께도 그가 이곳에서 보던 아이들이다. 아이들은, 아이들의 놀이는, 사랑스럽고 또 성(聖)스러웠다. 아이들을, 아이들의 놀이를, 사람이 마음 주어 볼 때 그것은 돈 생각 밥 생각을 잊게 한다. 진수는 이 뛰노는 아이들의 기쁨을 탐냈다. 나에게도 저 시절이 있었던 게니. 생각이 지나간 어린 시절에 미치려 할 때, 그러나 '코울든·배트(담배의 한 종류)' 연기가 그의 코를 찌르고 그리고 '시루시반텐(작업복)' 입은 노동자가 그의 앞을 지나 저편 벤치로 갔다. 진수는 서의 기계적으로 주머니에다 손을 넣으려다 말고 쓸쓸하게 웃었다. 주인집에서 나올 때 그의 주머니 안에 있던 두 개의 담배는 이미 두 시간 전에 없어졌다. 진수는 '오시이레' 속 신문더미 밑에다 감추어두고 나온 한 개의 담배를 생각한다. 그걸 마저 가지고 나올 걸 그랬나, 역시 그곳에 두어두길 잘했나…… 아침에 그는 옷을 주워입고 모자를 들쓰고 그리고 방을 나와 층계를 내려가다가 문득 담배 생각을 하고 다시 방으로 돌아갔다. 다섯 개. 두 개와 세 개. 세 개와 두 개. 그전과 같으면, 그는 서슴지 않고 세 개를 덥석 집어 주머니에 넣을 수 있었을 게다. 나중에라도 그 불공평한 배당에 대하여 순구가 항의를 한다면, 진수는 거리낌없이, 누가 늦게 일어나랬나. 그리고 두 사람은 허허 하고 유쾌하게 웃을 수 있었을 게다. 그러나 그것은 다 예전 얘기다. 궁핍한 생활은 그들에게서 이야기를 빼앗고, 이야기를 빼앗긴 그들의 사이는 나날이 멀어가는 듯싶었다. 진수는, 그래, 다섯 개 담배 중의 세 개를 제 자신 차지할 용기를 갖지 못한다. 차라리 순구에게 그 육 전을 줄지언정…… 그러나 담배는 다섯 개였고, 그리고 그것을 그들은 오늘 하루 온종일을 별러 먹어야만 하였다. 마침내, 진수는, 한 개의 담배를 '오시이레' 속에 감추고, 그리고 그 조그마한 유희에 제 자신 갓난애 같은 기쁨을 맛보았으나, 순구의 자고 있는 양이 다시 한번 그의 눈에 띄었을 때, 그 핏기 없는 조그만 얼굴은 진수의 마음을 어둡게 하여주었다…… 순구는 지금 무얼 하고 있을꼬. 그저 그대로 이불을 들쓰고 누워 있겠지. 진수는 그러한 순구의 모양을 상상하여 볼 따름으로 우울하여진다. 언제나 아침에 진수가 잠을 깰 때면, 햇발은 아직 그들의 방을 엿보지 않는다. 사람들이 제

방에서 나와, 왜 일들을 하지 않는 그 시각에, 골목 건너 서너째 집에서 라디오 체조의 단조로운 호령 소리와 꿈꾸는 듯한 피아노 반주가 들려온다. 베개에다 머리를 푸욱 파묻고 마음 고요히 그 소리를 들을 때, 그것은 역시 진수에게 맑고, 또 깨끗한 느낌을 주었다. 그것은 아침의 기쁨이다. 그러나 그가 몸을 뒤쳐 그곳에 잠자는 순구를 발견할 때, 그의 마음은 어둡고, 또 답답하였다. 아마 몹시 언짢은 꿈이라도 꾸고 있는 게지. 베개 아래 모로 떨어진 채 잔뜩 찌푸려진 그 굶주린 조그만 얼굴은, 그것 하나만으로 사람의 마음을 무겁게 만들었다. 진수는 불결한 데서나같이 그 얼굴에서 시선을 거두고, 그리고 못마땅하여하는 으으음 소리를 내었다. 그 불쾌한 얼굴은 왜 나의 눈앞에 있나. 왜 나로 하여금 잊었던 얼굴을 생각해내게 하나. 설혹 한 이레를 굶었다손 치더라도, 이 하루아침이 내게 주는 감격을, 그 짧은 동안의 감격을, 그것은 대체 무슨 권리를 가져 그렇게도 쉽사리 빼앗아가나…… 진수는 그곳에 분노조차 느끼며, 다시 한번 순구의 얼굴을 돌아본다. 주근깨가 약간 있는, 그 창백한 조그만 얼굴은 그의 꿈속에서 무엇을 보았을까. 이번에는 그의 입기에 몽롱한 웃음을 띠고 있다. 그것은, 본래는, 미소이었을 게다. 그러나 영양 불량의 얼굴 위에 그것은, 몹시 천한 느낌을 주었다…… 이제 그 얼굴을 가져 순구는 암만이든 자겠지. 그러나 진수는 그 우울한 위치에 자기를 둘 수는 없다. 그는 신문은 뒤척거리다 말고 벌떡 일어나 세수를 하고 옷을 입고 그리고 그 자고 있는 사람의 불결한 육체며 의복이며 침구며, 그런 것들을 증오와 모멸을 가져 노려보고 다음에 돌아서 그 방을 나왔다. 그러나 거리에 나와 그는 갈 곳을 갖지 못한다.

6. 밥을 찾아서

공원 나무숲에 새들이 날아든다. 재재거린다. 황혼은 그 위에 내리고 어느 틈엔가, 아이들은 이곳에 없다. 공원을 지키는 검은 '즈메에리' 입은 사람이 세 명 마당에 물을 뿌리고 비질을 한다. 아마 이 근처에 사는 게지, 영어 독본을 들고 맨머리 바람으로 들어온 중학생은 분수탑 뒤로 들어가더니 다시 나오지 않는다. 진수는 노동자 편을 보았다. 벤치, 그 딱딱한 나무 조각 위에가 그는 다리를 요렇게 오그리고 한 팔을 요렇게 고이고 그리고 아직도 고단한 잠은 깊다. 진수는 그의 볕에 그을은 얼굴의, 짧게 깎은 구레나룻을 보며 그도 오늘 한나절을 이곳에서 보낼 수밖에 없었고나, 하였다. 혹은 그도 진수나 마찬가지로 주머니 속에 한푼의 돈도 없을지 모른다. 혹은 진수보다 더하게 오늘밤 잘 곳을 갖지 못하였는지도 모른다. 혹은 진수보다도 더 생활에 자신을 갖지 못하였는지도 모른다. 그러나…… 진수는 힘없이 머리를 숙였다. 그는 며칠을 굶더라도 역시 그 이튿날에 희망을 걸 게다. 노동을 할 수 있는 몸, 노동에 견디어나는 몸, 그 한 몸을 가져 그는 또 거리로 나서 일을 구할 게다. 그러나 진수는…… 진수는 막연하게 하루하루를 보냈다. 무엇에 그는 희망을 걸 수 있었나. 아무것에도——. 진수는 수히 어떻게든 하여야 할 것을 알았다. 그러나 무엇을 어떻게…… 아무런 방도를 못 가질 때 그는 현실을 잊으려고만 노력하여오지 않았나. 이제, 순구는 주인집 이층에서, 진수는 여기 이 공원 벤치에서, 딱하고 또 불결한 죽음을 지을 게다. 흥하고, 코웃음도 안 나왔다. 진수는 갑자기 자기의 모든 행운이 모든 방도가, 순구와 같이 살림을 함으로써 깨어진 것같이 생각하고 싶었다. 그 생각이 천박하고 또 가증한 것을 그는 안다. 그러나 순구의 그 조그만 얼굴, 텁수룩한 머리, 결핵 체질(結核體質)에 보는 창백하고 투명한 피부, 가늘고 또 긴 손가락들, 그리고 음식을 먹을 때에 목구멍에서 내는 소리와 때로 반감을 가져 그를 쳐다보는 그 퀭한 두 눈…… 그러한 것들을 생각하여볼 때 진수는 아무래노 그와 이제 디 같이 지내지 못할 것을 느끼지 않을 수 없었다. 반짝, 하고 불이 들어왔다. 이제 확실히 밤이다. 얼마 안 있어 사람들은 따뜻한 저녁을 먹고 그리고 '유카타' 바람으로 이곳을 찾아올 게다. 입에들 담배를 물고…… 진수는 벤치에서 일어났다. 그러한 사람들에게 저 잠자고 있는 노동자와 함께 자기의 초라한 행색을 보일 용기가 그에게는 없었다. 진수는 기운 없는 뱃속에다 줄 힘도 없이, 허청허청한 다리를 이끌어 공원을 나왔다. 어디로 가나. 물론 주인집으로밖에 갈 곳을 그는 갖지 못한다. 혹 누가 그 동안에 찾아오지나 않았을까. 그러나 온대야 윤필이나 태식이, 둘이 다 순구의 친구였다. 진수는 순구의 그 우울한 얼굴을 또 한번 생각하고 주인집으로 돌아갈 용기조차 잃었다. 그는 이제 단 한걸음도 더 못 걸을 것을 느끼면서도 그래도 무턱대고 앞으로 갔다. 자기가 어딜 무엇 하러 가는 것인지를 그는 몰랐다. 몰라도 그대로 그는 걸었다. 뱃속에서 가끔 들리는 주룩 소리가 딱하고 또 천하였다. 몽롱한 두 눈 앞에 무턱대고 음식점만이 어른거렸다. 혹, 소바(국수)집 앞을 지날 때 그 안에서 연해 고명 냄새가 풍기어나와도 진수는 침을 삼킬 기운조차 없어진 듯싶었다. 두 시간 지나, 어디로 어떻게 왔는지, 그는 '에이타이바시(永代橋·스미다 강 하류의 철교)' 위에 있었다. 난간에 기대어 아래를 굽어볼 때, 물은 탁하고 또 험하다. '잇센조키(스미다 강을 왕래하는 통통배)'가 뿡뿡하고 소리를 내며 다리 밑을 지난다. 진수는 그 안에 응당 자리를 잡고 있을 잡지장수의, 그 주름살투성이 얼굴과 생쥐 같은 두 눈을 생각하였다. 그는 대체 어디서 어떻게 사들이는 것인지 그 달 치 잡지를 오륙 종, 정가로 따지자면, 삼 원이 훨씬 넘는 것을 장강일석(長講

―席) 후에 한 묶음 오십 전씩에 팔았다…… 그러나 대체 나는 여길 왜 온 건가. 빠져죽기라도 하려고 강을 찾아나왔던 것일까. 그러나 그것은 진수의 취미에 없는 일이다. 그러나…… 마침내, 진수는, 이십 리 길을 터덜거리고 걸어온 자기 다리의 뜻을 알아내고, 그리고 잠깐 망설거린다. 그러나 이제 이대로 돌쳐서서 온 길을 되걸어 주인집까지 가야 할 생각을 하였을 때, 진수는 다리를 건너갔다. '후카가와·몬젠나카초(深川門前仲町).' 진수는 그가 학교 다닐 적의 유일한 일본 친구를 찾았다. 그러나 '겐칸(현관)'에 나온 조그만 계집애는 그가 외출하고 없다고 말하였다. 그러나 아마 곧 돌아올 겝니다. 들어오셔서 좀 기다려보시지요. 그러고 싶었다. 그러나 그는, 순간에, 자기의 구멍 뚫린 구두가 저 귀여운 소녀의 손으로 섬돌 위에 가지런히 놓일 것을 생각하고 주저하였다. 그리고 생각이 그의 땀과 때에 절은 양말의, 그 빛깔과 그 냄새에 미쳤을 때, 그는 그만 소녀의 충고를 좇기를 단념하지 않을 수 없었다. 내 한 시간 가량 있다 또 오죠. 그리고 덧붙이어, 마침 이 근처에 들를 데도 있고 하니…… 진수는 골목을 나오며 대체 내가 이 근처에서 들를 데란 어딘고 생각하고 스스로를 비웃었다. 이틀씩 굶었으면서도 되도록 차려보려는 체면. 이것을 가로대 소시민성(小市民性)인가. 땅바닥에 아무렇게나 털버덕 주저앉고 싶은 것을 느끼며 그래도 그는 큰길로 나와 전차 선로를 횡단하여, 또 이 근처

공원을 찾아간다.

7. 한 개의 담배

 자정이 넘어, 진수는 굶주림과, 실망과 피로를 가지고 돌아왔다. '고시도(格子戶·격자문)'를 열고 닫고, 주인의 물음에 대답을 하고, 그리고 열세 단의 급한 층계를 올라가 방문을 열고 섰을 때 그는 문기둥 붙잡은 손을 떼는 순간 그곳에 썩은 나무와 같이 쓰러져버릴 것 같은 환각을 느꼈다. 그는 아― 나는 이제 돌아왔다 하고, 까닭도 없이 이렇게 말하고 싶었다. 그러나 그 불결한 침구 속에 그대로 몸을 뉘고, 그리고 묵은 잡지를 뒤적거리고 있는 순구는 그의 얼굴을 쳐다보려고도 안 했다. 아―하―. 진수는 갑자기 순구에게 달려들어 그를 멱살잡아 일으켜가지고, 그리고 자기의 온갖 격렬한 감정을 그대로 쏟아놓고 싶었다. 그는, 그러나 그곳에 이윽이 서 있었을 따름으로, 순구의 발치를 돌아 제자리로 가서 모자를 '도코노마' 위에다 팽개치고, 그리고 맨바닥에가 털썩 주저앉았다. 그는 이제 완전히 제자리로 왔고, 그리고 밥과 희망을 갖지 않아도 하여튼 자리에 쓰러져 쉴 수 있었다. 그는 잠깐 순구를 노려보았다. 그러다가 오늘 아무도 안 왔었나 숨찬 어조로 물었다. 대답은 없었다. 잠깐 있다, 순구는 매우 힘들어 보이게 고개를 모로 흔들었다. 진수는 꿀떡 침을 삼키고 그러나 또다시 주인이 방값 재촉 않던가. 역시 대답은 없었다. 뿐만 아니라, 이번에는 머리도 흔들리지 않았다. 진수는 목구멍을 넘어오는 울화덩어리를 쓰디쓴 침과 함께 꿀떡 삼켜버리고 그리고 아무 뜻 없이 창밖을 내다보았다. 진수는 말이 듣고 싶었다. 종일을, 온종일을, 말에 굶었던 그는 그렇게 피로하였으면서도 말이 하고 싶었고, 또 말이 듣고 싶었다. 흐으응. 진수는 역시 창밖을 내다보고 있으면서도 자기가 다른 데로 시선을 돌리기를 기다리어 살며시 자기를 노려보고 있는 순구의 퀭한 눈을 자기 뺨에 느꼈다. 혹은 자기가 그 동안 밖에 나가 어떻게 한 끼라도 요기를 할 수가 있었던 줄 순구는 알고 있는 겐가. 홍…… 진수는 자기가 한 시간 뒤, 다시 친구의 집을 들러 그 소녀의 아직도 안 들어오셨에요 하는 말을 들었을 때의 그 실망과, 이제 다시 이십 리 길을 터덜터덜 걸어가야만 하나 하는 뻔한 사실에 새삼스러이 생각이 미쳤을 때의 그 울 것 같은 감정을 또 한 번 되씹어보며, 주먹을 들어 순구를 이 자리에 때려눕히고, 그리고 한바탕을 소리를 내어 울고 싶은 걱정을 느꼈다. 아아, 이 불결한, 이 우울한 물건은 왜 나의 눈앞에 있나. 내가 밖에 나가 있는 동안에 그는 왜 그의 불결한 이부자리와 함께 이 방에서 도망질치지 않았나. 이 구차한 내가 양복을 잡히고, 외투를 잡히고, 가방을 잡히고, 책이며 잡지며를 팔아서 두 사람의 양식거리를 마련하는 동안, 아무 일도 한 일이 없이 편둥편둥 지내온 너는 좀더 나의 비위를 맞추어주어도 좋을 게 아니냐. 네가 무슨 권리를 가져, 내 물음에 대답을 않고, 그리고 내 앞에 그런 떠름한 얼굴을 하느냐…… 진수는 무한한 증오를 그곳에 가졌다. 그러나 자기가 이렇게 굶주림과 실망과 피로를 가지고 돌아왔을 때 이 방안에 당연히 있어야 할 순구를 발견하지 못한다면 하고 돌이켜 생각하여 보았을 때, 차츰차츰 그의 흥분은 식어지고 그리고 그곳에 사람과 사람, 친구와 친구 사이의 인간 본래의 애정을 그는 느끼려고조차 하였다. 그러나 순구는…… 아—아. 가만히 한숨짓고, 그대로 맨바닥에가 누우려다, 진수는, 문득 다시 일어나 '오시이레' 문을 열었다. 한 개의 담배. 감추어두었던 보배나 다시 꺼내듯이 그는 그걸 소중하게 들고 자리로 왔다. 그리고 그가 그것을 두 손으로 용하게 꼭 절반을 내어가지고, 그 한 토막을 순구 앞에 내밀며 자아 담배나 태우세. 그렇게 말하였을 때, 그의 말과 또 그의 담배 든 손 끝은 이상한 감격으로 떨렸다.

방란장 주인

 그야 주인의 직업이 직업이라 결코 팔리지 않는 유화 나부랭이는 제법 넉넉하게 사면 벽에가 걸려 있어도, 소위 실내 장식이라고는 오직 그뿐으로 원래가 삼백 원 남짓한 돈을 가지고 시작한 장사라, 무어 찻집답게 꾸며볼래야 꾸며질 턱도 없이 다탁(茶卓)과 의자(椅子)와 그러한 다방에서의 필수품들까지도 전혀 소박한 것을 취지로, 축음기는 '자작(子爵)'이 기부한 포―타불을 사용하기로 하는 등 모든 것이 그러하였으므로, 물론 그러한 간략한 장치로 무어 어떻게 한 밑천 잡아보겠다든지 하는 그러한 엉뚱한 생각은 꿈에도 먹어본 일 없었고, 한 동리에 사는 같은 불우한 예술가들에게도, 장사로 하느니보다는 오히려 우리들의 구락부와 같이 이용하고 싶다고 그러한 말을 하여, 그들을 감격시켜주었던 것이요 그렇기에 '자작'은 자기가 수삼 년 간 애용하여온 수제형 축음기와 이십여 장의 흑반(黑盤) 레코드를 자진하여 이 다방에 기부하였던 것이요, '만성(晩成)'이는 또 '만성'이대로 어디서 어떻게 수집하여두었던 것인지 대소 칠팔 개의 재떨이를 들고 왔던 것이요, 또 한편 '수경(水鏡) 선생'은 아직도 이 다방의 옥호(屋號)가 결정되지 않았을 때, 그의 조그만 정원에서 한 분(盆)의 난초를 손수 운반하여가지고 와서 다점(茶店)의 이름은 방란장(芳蘭莊)이라든 그러한 것이 좋을 것 같다고 제의하여주는 등, 이 다방의 탄생에는 그 이면에 이러한 유의 가화 미담(佳話 美談)이 적지 않으나, 그러한 것이야 어떻든, 미술가는 별로 이 장사에 아무런 자신도 있을 턱 없이, 그저 차 한 잔 팔아 담배 한 갑 사먹고 술 한 잔 팔아 쌀 한 되 사먹고 어떻게 그렇게라도 지낼 수 있었으면 하고, 일종 비장한 생각으로 개업을 하였던 것이, 바로 개업한 그날부터 그것은 참말 너무나 뜻밖의 일로, 낮으로 밤으로 찾아드는 객들이 결코 적지 않아, 대체 이곳의 주민들은 방란장의 무엇을 보고 반해서들 오는 것인지, 아무렇기로서니 그 조금도 어여쁘지 않은, 그리고 또 품도 애교도 없는 '미사에' 하나를 보러 온다는 그러할 리가 만무하여, 참말 그들의 속을 알 수 없다고 가난한 예술가들은 새삼스러이 너무나 간소한 점(店) 안을 둘러보기조차 하였던 것이나, 그것은 어쩌면 '자작'이 지적하였던 바와 같이, 이 지나치게 소박한 다방의 분위기가 도리어 적지 아니 이 시외 주민들의 호상(好尙)에 맞았는지도 모르겠다고, 그것도 분명히 일리가 있는 말이라고 모두들 그럴법하게 고개를 끄떡이었고, 하여튼 무엇 때문에 객이 이 다방을 찾아오는 것이든, 한 사람이라도 더 차를 팔아주는 데는 아무런 불평이나 불만이 있을 턱 없이, 만약 참으로 이 동리의 주민들이 질박(質樸)한 기풍을 애호하는 것이라면 결코 넉넉하지 못한 주머니를 털어서 상보 한 가지라도 장만한다든 할 필요는 없다고, 그래 화가는 첫달에 남은 돈으로 전부터 은근히 생각하였던 것과 같이 다탁에 올려놓을 몇 개의 전기 스탠드를 산다든 그러지는 않고, 그날 밤은 다 늦게 가난한 친구들을 이끌어 신주쿠(新宿)로 '스키야키'를 먹으러 갔던 것이나, 그것도 이제 와서 생각하여보면 역시 한때의 덧없는 꿈으로, 어이 된 까닭인지 그 다음달 들어서부터는 날이 지날수록에 영업 성적이 점점 불량하여, 장사에 익숙하지 못한 예술가들은 새삼스러이 당황하여가지고, 어쩌면 이 근처에 끽다점(喫茶店)이라고는 없다가, 하나 처음으로 생긴 통에 이를테면, 일종 호기심에서들 찾아왔던 것이, 인제는 이미 물리고 만 것인지도 모르겠다고, 만약 그러하다면 장차 어떻게 하여야 좋을지, 그들이 채 그 대책을 강구할 수 있기 전에, 그곳에서 상거(相距)가 이삼십 칸이나 그밖에 더 안 되는 종로 둑 넘어에가, 일금 일천칠백 원여를 들였다는 동업 '모나미'가 생기자 방란장이 받은 타격은 자못 큰 바가 있어, 그뒤부터는 어떻게 한때의 농담이 그만 진담으로, 그것은 참말 한 개의 끽다점이기보다는 완연 몇 명 불우한 예술가들의 전용 구락부인 것과 같은 감이 없지 않으

나, 그렇다고 돈 없는 몸으로서 '모나미'와 호화로움을 다툴
수는 없는 일이었고 그래 세상일이란 결국 되는 대로밖에는
되지 않는 것이라고, 그대로 그래도 이래저래 끌어온 것이
어언간 이 년이나 되어 속무(俗務)에 어두운 '자작' 같은 사
람은, 하여튼 이 년이나 그대로 어떻게 유지하여온 것이 신
통하다고 이제 그대로만 붙들고 앉았으면 당장 아무 일은 없
을 것이라고, 그러한 말을 하기조차 하였던 것이나, 근래에
이르러서 이 다방에 빚쟁이들의 내방은 자못 빈번하여, 자기
의 그 동안의 부채라는 것이, 자기 자신 막연하게 생각하였
던 것보다는 엄청나게 많은 금액이라는 것을 새삼스러이 깨
닫고, 비로소 아연한 요즘의 그는, 아무러한 낙천가로서도
어찌하는 수 없이, 곧잘 자리에 누워 있는 채, 혼자 속으로,
'모나미'의 하루 수입이 평균 이십 원이라는 것은 이 빈약한
방란장이 개업 당시에 십여 원이나 그렇게는 되었던 것으로
미루어 사실일 것이나, 자기는 물론 그렇게 많은 수입을 바
라는 것은 아니요, 더도 말고 하루에 오 원씩만 들어온다면
삼오는 십오, 달에 일백오십 원만 있다면, 그야 물론 옹색은
한 대로, 그래도 어떻게 이대로 장사는 하여가며, 자기와
'미사에'와 두 식구 입에 풀칠은 하겠구만서도, 아무리 한산
(閑散)한 시외이기로 그래도 명색이 다방이라 하여놓고, 하
루 매상고가 이삼 원이나 그밖에 더 안 되니, 그걸 가지고 대
체 무슨 수로 반년이나 밀린 집세며, 식료품점 기타에 갚을

빚이며, 거기다 전기값에 와사(瓦斯)값에, 또 '미사에'의 월급에, 하고, 그러한 것들을 모조리 속으로 꼽아보노라면, 다음은 의례히 쓰디쓰게 다시는 입맛으로, 참말이지 아무러한 방도라도 차리지 않으면 안 되겠다고, 방란장의 젊은 주인은 저 모르게 엄숙한 표정을 지어도 보는 것이나, 그러면 방도는 대체 무슨 방돈고 하고, 늘 하는 그 모양으로 잠깐 동안은 숨도 쉬지 않고 물끄러미 천장만 쳐다보아도, 물론 이제 이르러 새삼스러이 머리에 떠오를 제법 방도라 할 방도가 있을 턱 없이, 문득 뜻하지 않고 눈앞에 아른거리는 온갖 빚쟁이들의 천속한 얼굴에, 그는 거의 순간에 눈살을 찌푸리고서, 누구보다도 제일에 그 집 주인놈 아니꼬아 볼 수 없다고, 바로 어제도 아침부터 찾아와서는 남의 점에가 버티고 앉아, 무슨 수속을 하겠느니 어쩌느니 하고, 불손한 언사를 희롱하던 것이 생각나서, 무어 밤낮 밑지는 장사를 언제까지든 붙잡고 앉아 무어니무어니 할 것이 아니라, 이 기회에 아주 시원하게 찻집이고 무어고 모두 떠엎어버리고서 내 알몸 하나만 들고 나선다면, 참말이지 '만성'이 말마따나, 하다못해 '시나소바' 장수를 하기로서니 설마 굶어죽기야 하겠느냐고, 그는 거의 흥분이 되어가지고 얼마 동안은 그러한 생각을 하기에 골몰이었으나, 사실은 말이 그렇지, 그것도 역시 어려운 노릇이, 혹 자기 혼자라면 어떻게 그렇게라도 길을 찾는 수가 없지 않겠지만, 그러면 그렇게 한 그뒤에, 돌아갈 집도,

부모도, 형제도, 무엇 하나 가지지 않은 '미사에'를 대체 자기는 어떻게 처리하여야 할 것인고, 하고, 그러한 것에 생각이 미치면, 그는 그만 제풀에 풀이 죽어 사실이지 이 '미사에' 문제를 해결하여놓은 뒤가 아니면, 아무러한 방도도 자기에게는 결코 방도일 수가 없다고, 알지 못하는 사이에 가만한 한숨조차 그의 입술을 새어나오는 것도 결코 까닭 없는 일이 아닌 것으로, 원래가 '수경 선생' 집 하녀로 있던 '미사에'를, 어차피 다방에 젊은 여자가 한 명은 필요하였고, 기왕 쓰는 바에는 생판 모르는 사람보다는 역시 지내보아 착실하고 믿음직한 사람이 좋을 게라고, 그래 사실은 어느 모로 뜯어보든 다방의 여급으로는 적당치 않은 것을, 그 늙은 벗이 천거하는 그대로, 십 원 월급을 정하고 데려다둔 것이, 정작 다방의 사무라는 것은 분명치 않아, 그렇다고 주인 편에서는 아무러한 암시도 한 일은 없었던 것을, 주부도, 하녀도, 있지 않은 집안에, 어느 틈엔가, 저 혼자서 모든 소임을 도맡아가지고, 아직 독신인 젊은 주인의 신변을 정성껏 돌보아주는 데는 정말 미안스러운 일이라고도, 또 고마운 일이라고도, 마음속에 참말 감사는 하면서도, 지나치게 가난한 몸에 뜻같이 안 되는 장사는, 아무렇게도 하는 수 없어, 그래 정한 월급을 세 갑절 하여 '미사에'의 노역에 사례하리라고는 오직 그의 마음속에서뿐으로, 그도 그만두고 그나마 십 원씩이나 어쨌든 치러준 것도 다방을 시작한 뒤 겨우 서너 달이나 그 동안만의 일이요, 그뒤로는 그저 형편되는 대로 혹 이 원도 집어주고 또 혹 삼 원도 쥐어주고, 그리고 나머지는 새 달에, 새 달에, 하고 온 것이 그것도 어느 틈엔가 이 년이나 되고 보니, 그것들만 셈쳐본다더라도 거의 이백 원 돈은 착실히 될 것이나, 대체 아무리 순박한 시골 처녀라고는 하지만서도, 어떻게 생겨난 여자길래, 그래도 금전 문제는 부자지간에도 어떻다고 일러오는 것을, 이제까지 그것을 입 밖에 내어 단 한 번 말하여보기는커녕, 참말 마음속으로라도 언제 잠시 생각하여보는 일조차 없는 듯싶어, 그저 한결같이 주인 한 사람만을 위하여 진심으로 일하는 것이, 젊은 예술가에게는 일종 송구스럽기조차 하여 언젠가는 이내 견디지 못하고 그에게 어디 다른 데 일자리를 구하여볼 마음은 없느냐고, 그러면 자기도, 또 '수경 선생'도, 힘껏 주선은 하여보겠노라고, 마주 대하여 앉아서도 거의 외면을 하다시피 하여 간신히 한 말을, 우직한 시골 색시는 어쩌면 자기에게 무슨 크나큰 잘못이라도 있어, 그래 주인의 눈에 벗어난 것인지도 모르겠다고, 어떻게 그렇게라도 잘못 알아들었던 것인지 순간에 얼굴이 새빨개져가지고, 원래 구변이라고는 없는 여자가, 금방 울음을 터트릴 수 있는 준비 아래, 한참을 더듬거리며, 그저 뜻 모를 사과를 하여, 경력 적은 화가를 어리둥절하게 만들어놓았으므로, 그래, 그는 다시 그러한 유의 말을 '미사에' 앞에서 꺼내어보지 못하고, 생각 끝에 '수경 선생'에게라도 문의를 하여보면, 혹은 뜻밖에 무슨 묘책이라도 있을지 모르겠다고 마침 목욕탕에서 그와 만났을 때, 그 일을 상세히 보고하고서, 나이 많은 이의 의견을 물었더니 그는 또 어떻게 생각을 하고 하는 말인지, 무어니무어니 할 것이 아니라, 아주 이 기회에 둘이서 결혼을 하라고, 자기는 애초부터 그러한 것을 생각하였었고, 그리고 또 그것은 아름다운 인연에 틀림없다고, 만약 그가 직접 말을 꺼내는 것이 거북하기라도 하다면, 자기가 아주 이 길로라도 '미사에'를 만나보고 작정을 하여주마고, 혼자서 모든 일을 알아차렸다는 듯이 그렇게 한바탕을 서두르는 통에, 젊은 미술가는 거의 소녀와 같이 얼굴조차 붉히고, 그것만은 한사(限死)하고 말리면서, 문득 어쩌면 '수경 선생'이 자기와 '미사에'와 사이에, 무슨 의혹이라도 가지고 그러는 것이나 아닐까 하고, 그러한 것에 새삼스러이 생각이 미치자, 그는 그제서야 다 늦게 당황하여 가지고, 만약 인격이 원만한 '수경 선생'으로서도, 자기들에게 그러한 유의 의혹을 품지 않을 수 없는 것이라면, 동리의 경박한 무리들의 입에는, 어쩌면 이미 오래 전부터 별의별 소리가 모두 오르내렸을지도 모르겠다고, 또다시 얼굴이 귓바퀴까지 빨개졌던 것이나, 이제 돌이켜 생각하여보면, 설혹 그러한 말들이 생겨났다더라도 그것은 어쩌는 수 없다고밖에는 할 수 없을 것이, 사실 젊은 남녀만 단둘이 그렇게도 오랫동안을 한집안에가 맞붙어 살아오면서 그들의 순결이 그래도 유지되었으리라고는, 그러한 것을 믿는 사람이 어쩌면 도리어 괴이할지도 모르나 역시 사실이란 어찌하는 수 없는 것으로 그것은 혹은 자기가 '미사에'에게 애정이라든, 욕정이라든, 그러한 것을 느낄 수 있기 전에, 우선 그렇게 쉽사리는 갚아질 듯싶지 않은 너무나 큰 부채를 그에게 졌던 까닭에 이미 그것만으로도 그를 대하는 때마다 마음속에 짐은 무거워, 그래 무슨 다른 잡스러운 생각을 먹어볼 여지가 없었던 것인지도 모르나, 그러한 것이야 사실 어떻든, 이제 이르러서는 설사 그에게 지불할 그 동안의 급료 전액의 준비가 있다손 치더라도, 그것을 치러주었을 그뿐으로, 어디로든 가라고, 그렇게 말할 수는 없을 것 같았고, 또 '미사에'도 그러면 그러겠노라고, 선선히 나가버릴 듯도 싶지 않아, 생각이 어떻게 이러한 곳에까지 미치니까, 다음은 필연적으로, 그러면 대체 이 여자는, 그 자신, 자기 장래에 관하여 어떠한 생각을 가지고 있는 것인지, 그것부터 밝힐 필요가 있다고, 그는 그러한 것을 생각하여보았으나, 아무래도 '미사에'에게는 그러한 방침이니, 계획이니, 하는 것이 전혀 없는 듯도 싶어, 그러한 것은 마치 자기의 주인이나 또는 '수경 선생'이 가르쳐줄 것으로, 자기는 그들이 하라는 그대로 하여 가기만 하면 그만일 것같이 어째 꼭 그렇게만 생각하고 있는지도 모를 일이라, 그렇게 되고 보니 이것은 바로 어디 마땅한 곳이라도 있어, 그의 혼처를 정하여준다든 그러기라도 하지 않으면, 혹은 한평생을 자기가 데리고 지내지 않으면 안 될지도 모르겠다고, 사태는 뜻밖으로 커지어 그는 얼마 동안을 아연히 천장만 우러러보았던 것이나, 문득, 만약에 '미사에'로서 아무런 이의도 없는 것이라 하면, 무어 일을 어렵게만 생각할 것이 아니라, 아주 이 기회에 둘이 결혼을 하여버리는 것이 좋지나 않을까, 그래가지고 새로이 자기의 나아갈 길을 개척한다든 하는밖에는 아무 다른 도리가 없지나 않을까 하고, 언젠가 목욕탕에서의 '수경 선생' 말이 생각나서, 그야 '미사에'는 오직 소학을 마쳤을 그뿐으로, 결코 총명하지도, 어여쁘지도 않았으나, 어쩌면 예술가에게는 도리어 그러한 여자가 아내로서 가장 적당한 것일지도 몰랐고, 남이야 어떻든간에 이 여자는 적어도 자기 한 사람을 능히 행복되게 하여줄 수는 있을 것이라고, 그는 어느 틈엔가, '미사에'가 가지고 있는 온갖 미덕을 속으로 셈쳐보았던 것이나, 허지만, 그러면 자기도 그를 또한 행복되게 하여줄 수 있을 것인가, 하고, 그러한 것을 돌이켜 생각하여보았을 때, 그는 새삼스러이 그렇게도 경제적으로 무능한 자기 자신이 느껴졌고, 어제 왔던 집주인의 자못 강경하던 그 태도로 미루어, 어쩌면 내일로라도 집을 내어놓고 갈 곳 없는 몸이 거리로 나서지 않으면 안 될지도 모를 일이라고, 그렇게 생각하니, 그는 그러한 자기가 잠시라도, '미사에'와 결혼을 하느니, 그래가지고 어쩌느니, 하고, 그러한 꿈같은 생각을 하였던 것이, 스스로 어이없어 픽 자조에 가까운 웃음을 웃어보고는, 어느 틈엔가 방안이 어두워온 것에 새삼스러이 놀라, 그제서야 자리를 떠나서 게으르게 아래로 내려와 보니, 점에는 '미사에'가 혼자 앉아 있을 뿐으로, 오늘은 밤에나 들를 생각들인지, '자작'도, '만성'이도, 와 있지 않은 점 안이 좀더 쓸쓸하여, 그는 세수도 안 한 채, 그대로, '미사에'에게 단장을 내어 달래서, 그것을 휘저으며, 황혼의 그곳 벌판을 한참이나 산책하다가, 문득 일주일 이상이나 '수경 선생'을 보지 못하였던 것이 생각나서 또 무어 소설이라도 시작한 것일까, 하고, 그의 집으로 발길을 향하며, 문득 자기가 그나마 찻집이라고 붙잡고 앉아 있는 동안, 마음은 이미 완전히 게으름에 익숙하고, 화필(畵筆)은 결코 손에 잡히지 아니하여, 이대로 가다가는 영영 그림다운 그림을 단 한 장이라도 그리지는 못할지도 모르겠다고, 그러한 자기 몸에 비겨, 무어니무어니 하여도, 우선 의식(衣食) 걱정이 없이, 정돈된 방안에 고요히 있어, 얼마든 자기 예술에 정진할 수 있는 '수경 선생'의 처지를 한없이 큰 행복인 거나 같이 부러워도 하였으나, 그가 정작 늙은 벗의 집 검은 판장(板牆) 밖에 이르렀을 때, 그것은 또 어찌 된 까닭인지, 그의 부인이 히스테리라고 그것은 소문으로 그도 들어 알고 있는 것이지만, 실상 자기의 두 눈으로 본 그 광경이란 참으로 해괴하기 짝이 없어, 무엇이라 쉴 사이 없이 쫑알거리며, 무엇이든 손에 닿는 대로 팽개치고,

깨뜨리고, 찢고, 하는 중년 부인의 광태 앞에, '수경 선생'은 완전히 위축되어, 연해 무엇인지 사과를 하여가며, 그 광란을 진정시키려 애쓰는 모양이, 장지(障紙)는 닫히어 있어도 역시 여자의 소행인 듯싶은 그 찢어지고, 부러지고, 한 틈으로 너무나 역력히 보여, 방란장의 젊은 주인은 좀더 오래 머물러 있지 못하고, 거의 달음질을 쳐서 그곳을 떠나며, 문득, 황혼의 가을 벌판 위에서 자기 혼자로서는 아무렇게도 할 수 없는 고독을 그는, 그의 전신에, 느꼈다.

성탄제

―흥! 너두 별수가 없었던 모양이로구나? 그러게 내 뭐라던? …… 내남직 할 것 없이 입찬소리란 못 하는 법이다.

흥! 하고 또 한번 코웃음을 치고, 문득 고개를 들자, 그곳 머리맡 벽에가 걸려 있는 십자가가 눈에 띈다. 영이는 입을 한번 실룩거리고 중얼거렸다.

"이 거룩한 밤에 주여! 바라옵건대 길을 잃은 양들에게도 안식을 주옵소서. 아―멘. …… 흥?"

이렇게 기도를 드려두면 순이도 꿈자리가 사납다거나 그런 일은 없을 게다……

―흥!

1

영이와 순이―. 이 두 형제는 사이가 좋지 못했다. 그야

나이가 네 살이나 그밖에 틀리지 않는 계집애 형제란, 흔히 사이가 좋을 수는 없다. 그러나 영이 형제는 그저 그만한 정도로 사이가 나쁜 것이 아니다.

순이는, 우선, 제 형 영이의 직업이 불쾌하여 견딜 수 없었다. 여점원이라든, 여자 사무원이라든, 그러한 것이야, 사실, 자기 말마따나 워낙이 배운 것이 없으니까 될 수 없다고도 하여두자. 누가 꼭 그런 것이라야 된다고 주장하는 것은 아니다.

하지만, 그러면 또 그런대로, 건넛집 정옥이같이 제사공장에를 다닌다는 수도 있다. 이웃집 점례 모양으로 방적회사 여직공으로 다닌다는 수도 있다. 그렇지 않으면, 솜틀집 작은딸과 함께 전매국 공장에를 다닌대도 좋다. 참말, 다닐 데가 좀 많으냐? 이 밖에도 하려만 들면, 영이로서 할 수 있는 일거리란 얼마든지 있을 것이다. 그리고 그것들은 가난한 집안에 태어난 딸들이 종사하더라도 결코 흉될 것은 없는 직업들이다.

허건만, 어째 하필 고르다 골라 카페의 여급이 됐더란 말이냐?

술냄새 담배 연기 속에서 밤마다 바루 제 세상이나 만난 듯이 웃고, 지껄이고, 소리를 하고……, 뭇 사내들과 함께 어우러져 가진 음란한 수작……, 어디 그뿐이더냐? 이 사내 무릎에도 앉아보고, 저놈과 입도 맞추어보고……

잠깐 생각만 하여볼 뿐으로 순이가 더러워서 구역이 날, 그 여급이란 직업을 대체 어떠한 생각으로 영이는 택하였던 것인지, 암만을 궁리하여본댔자, 알아낸다는 도리가 없었다.

 그러나 그것도 이미 이제 이르러서는 달리 일자리를 갈아 본다는 것도 수월치 않는 일이요, 또 자기 말마따나 그 밖에는 몇 푼이나마 돈을 벌어들일 재간이 달리 없는 것이라면, 그대로 푸른 등불 아래 웃음을 판다는 것도 또한 어찌할 수 없는 일이라고 하여두자.

 허지만, 참말 그렇게도 소견이 없고 무식하고 또 얌체머리 없는 여자도 드물 게다.

"흥! 어느 옘병을 허다가 거꾸러질 년이 그래 지가 좋아서 여급 노릇을 허겠니? 다아 집안 사정이 할 수 할 수 없어서 그러는 게지. 그래 제 동기간에두 욕을 먹어가며, 천대를 받어가며 어느 개딸년이……"

 툭하면 영이가 한다는 소리가 이 소리다. 대체, '개딸년'이란 뭐고, '옘병을 허다가 거꾸러질 년'이란 뭣이냐? 그러나, 그것도 다아 배우지 못하고, 천하게 놀아먹어 그러한 것이라면 깊이 탄할 것도 못 된다. 허지만, 그래 저나 남에게 천대를 받고 욕을 먹고 하였으면 그만이지, 어째서 애매한 나까지 체면을 깎이게 하느냐 말이다.

 어머니가 동리집으로 돌아다니며 품을 파는 것은 그만두구라도, 우선, 집안이 군색한 꼴을 남 뵈기 싫여, 그래, 순이는 언제 한번 학교 동무를 집 앞까지라도 끌고 온 일조차 없는 것을 요 소갈머리 없는 여자는 어째서 운동회날, 그, 사람 많이 모인 틈으로 구경을 왔느냐 말이다.

그것도 국으로 한곳에 가만히 앉아서 구경이나 하면 하였지, 어째서 사람 틈을 비집고 돌아다니며,

"이학년, 김순이 어딨는지 모르세요! 김순이오. 이학년 송조 생도요."

대체 만나는 학생마다 그러고 물어,

"얘애, 순이 언니 온 것, 너 봤니?"

"응 얘애, 아주 하이칼라더라."

"아마, 그냥 부인넨 아닌가 보지?"

"그냥 부인네가 뭐냐, 얘애? 껄이야 꺼얼—, 카페 꺼얼……"

그래, 그러한 좋지 못한 소문이란 삽시간에 퍼지는 것이어서, 다음날부터는 얼굴 하나 변변히 들고 다닐 수 없게시리, 그렇게 남의 모양을 흉하게 만들어놓을 것은 무엇이냐 말이다.

2

그러면, 물론, 영이라고 그 말을 가만히 듣고만 있지는 않

는다, 말을 하자면, 오히려 영이 쪽이 할말은 더 많을지도 모른다.

딴은 운동회에 구경을 간 것은 내가 잘못일지도 모른다. 하지만, 그러헌 장한 구경에는 동리 사람들까지도 흔히 따라 나서는 게 아니냐. 친동기간에, 제 동생이 운동회에 나간다는데 형 된 사람으로서 가보고 싶을 것은 인정에 당연한 일이다.

그러나 물론 나는 네 말마따나 여급 노릇이나 허구 있는 그런 천한 계집년이다. 바로 양반댁 규수아씨로 너를 알고 있는 학교에서 내 소문이라도 난다면 네 체면이 안 될 것은 나도 생각을 했다. 그러기에 바로 여염집 부인네같이 차려보느라 반찬가게 큰 며느리한테서 긴 치마까지 빌려입고 갔던 게 아니냐?

너는 또 내가 한군데서만 가만히 앉아서 구경을 허지 않구 이리저리 너를 찾아다녔다구 그러지만, 너도 생각해봐라, 어디 그때 사정이 그렇게 되었느냐?

도보 경주에 너는 처음부터 첫째로 뛰어가다가 결승점 앞까정 가서는 공교롭게도 엎드러지길 않있니? 어딜 몹시 다쳤는지, 금방은 넘어진 채 그대로 일어나지도 못하는 것을 남선생님 한 분과 상급생 둘이서 달려들어 일으켜가지고는, 사무실 쪽으로 데리고 가더구나. 그러고는 아무리 기다려보아도 네 모양은 다시 볼 수가 없으니, 그래 대체 어디를 얼마나 다쳤는지, 혹 뼈라도 상한 거나 아닌지, 형 된 마음에 어째 놀라고 근심이 안 되겠니? 그걸 네가 너 하나 생각만 하고서 그렇게 말하는 것은 옳지 못하다.

그래 너는 그까짓 남의 모양만 흉하게 만드는 형 같은 것은 없는 이만도 못하다고 말했지? 대체 왜 그리 좋아서 여급 노릇을 하는지, 그 속을 모르겠다고 그랬지? 옳은 말이다. 참말이지 너보다도 내가 몇 곱절 지긋지긋한지 모른다. 하지만 너도 그만 철은 날 나이니, 좀 사리를 캐서 생각을 해봐라. 그래 내가 이나마 그만두고 말면, 집안이 어떻게 될 게냐?

늙으신 어머니가 아는 집을 찾아다니면서 일을 거들어주시고, 그래 겨우 담배값이나 뜯어쓰는 거야 말도 말고, 한때는 세월도 괜찮던 아버지 집주름 벌이도, 요즘 와선 집 흥정이 토옹 없어, 잘해야 달에 모두 주워모아 돈 십 원 될까말까 하니, 그것으론 집세도 못 낼 것쯤은, 아마 너두 짐작이 설 것이다.

그래 집안꼴이 이런 중에 그래두 하루 삼 시 밥이라 끓여 먹고, 더구나 나는 학교라곤 보통학교에도 못 들어가본 걸, 네가 그렇게 바로 거들먹거리고 고등학교까지 다니는 게 그게 그래 뉘 덕인 줄 아느냐. 그렇다구 내가 뭐어 너헌테 고맙다고 사례 한마디라도 받자는 건 아니다. 하지만 그런 건 그만두고라도 형의 신세가 가엾고 딱하다고, 그러한 생각쯤은 하여주어도 마땅할 게 아니냐? 그걸 너는 툭하면, 더러운 여자니, 천한 기집이니, 그렇게 함부로 욕하기가 일쑤니, 옳지, 옳지, 워낙이 고등 교육을 받은 사람이란 저 밥 먹여주고, 공부시켜주고 한 사람의 은공은 몰라도 아무 상관이 없는 법이니라.

흥! 그래 아무리 어린애기로서니, 그런 년의 법이 어딨단 말이냐? 그래 내가 그렇게도 더러운 화냥년이라 하자. 그럼, 너 왜 이 더러운 화냥년이 더러운 짓을 해서 벌어온 돈으로, 날마다 밥은 먹는 게구, 옷은 입는 게구, 학교 가는 게냐? 응? 그 더러운 돈으로 왜 그러는 게냐? 흥! 어디 네 대답 좀 들어보자꾸나……

아아니에요. 어머닌 글쎄 가만히 계세요. 그저 어린아이라구 가만 내버려두니까, 바루 젠 듯싶어서 못 할 말 없이…… 글쎄, 어머닌 잠자코 있으래두…… 무어, 내 입때 참아온 걸 오늘 새삼스레 탄하자는 것도 아녜요. 하지만, 요런 깍쟁이년의 기집애도 그래 세상에 있수? 그래 남의 은공은 모르고 밤낮 욕을 하면 욕을 해도, 그건 괜찮아요. 요건 그러다가도 지가 아쉬우면 '언니 언니' 허구 살살거리니낀 그게 보기 싫단 말예요.

그저께 저녁때도 점에 있으려니까, 누가 와서 찾는다기에 나가봤더니, 글쎄 요 깍쟁이로구려. 그래 밤낮 천하니 더러우니 하던 가후에로 이 신성한 아씨가 나 같은 여자를 왜 일부러 찾아왔나 했더니, 흥! 동무들하고 활동사진 구경을 가게 됐으니, 돈 일 원만 곧 좀 달라는구려. 그리고 오늘은 제법 날이 추운데 외투도 없이 퍽 고생될 게라구, 언제 지가 내 생각을 하구 날 위해주고 그랬다고, 바로 그런 소릴 다 하는구려. 흥! 그것도 다아 내게서 일 원 한 장 뺏어가려고, 고 여우 같은 생각에서 나온 말이지.

예이, 요 여우 같은 년! 구미호 같은 년! 난, 너같이 배운 건 없어도, 그래도 그렇게 심보가 악하진 않다. 인제두 또 내게 할말이 있니? 요 재애리 꽊쟁이 같은 년아……!

3

흥! 왜 욕지거리 안 하곤 말을 못 하니? 말끝마다 누가 욕이야?

그래 돈을 그렇게 잘 벌어서 부모 봉양 극진히 하고, 아우 공부까지 시켜주니 참말 장하시군 장하셔. 온, 가만히 듣고 있으니까 별 아니꼰 소릴 다 하지. 그래 자기가 날 학교에 너 줬어? 학교 얘기가 났을 때, 대체 무슨 돈에 고등학교엔 보내느냐구 드립따 반댈 한 건 누구야? 그걸 다아 어머니가, 그래도 그렇지 않다. 너는 공부를 못 했지만 순이까지 못 시켜서야 어쩌니? 아 아무렴 힘이야 들지. 들지만 어떡허든 고등학교 하나만 마쳐놓으면 학교 교원을 다니더라도, 그 값어치는 벌어들일 게 아니냐?…… 그래 아버지가 돈을 변통해다 가까스로 입학을 시켜주신 걸, 자기가 뭐 어쨌다고 큰소리를 하는 거야?

홍! 걸핏하면 자기가 바로 우리들의 희생이나 된 것처럼 떠들어버리지만, 그래, 참말 자기가 하기 싫은 노릇이면야 단 하루라도 할 까닭이 있나? 술 먹고, 남자들하고 희롱하고, 그러는 게 자기는 역시 재밌어서 그러는 게지 뭐야? 그렇지 뭐야? 그래 참말 맘에 없는 게면 왜 가끔 밤중에 부랑자는 집 안으로 끌어들이는 거야? 누가 언제 그런 짓까지 해서 돈을 벌어달랬어?

순이의 독설이 여기까지 미치면, 영이의 분통은 끝끝내 터지고야 만다.

요년아. 네가 그으예, 고걸 또 말을 하구야 말았구나? 왜 부랑잔 집 안으로 끌어들이는 거냐구? 누가 언제 그런 짓까지 해서 돈을 벌어달랬느냐구?…… 오오냐. 내 다아 일러주마. 이년아. 네가 그랬다. 바로 네가 그랬다. 날더러 그렇게라도 해서 월사금을 만들어달라구 바로 네년이 그랬다. 가후에 여급질을 해가지고 무슨 수로 네 식구 밥을 끓여먹고, 옷을 해입고, 그리고 네년의 학비까지 댄단 말이냐? 그래 몸이라도 팔밖에 무슨 수로 다달이 네년의 월사금을 만들어준단 말이냐? 요년아. 바로 네년이 날 보구 그짓을 하랬다……

성탄제 133

뭐요? 그만 해두라구요? 동네가 부끄럽다구요? 이렇게 딸년을 망쳐논 게 누군데 그러우? 어머니유, 어머니야! 바로 어머니야. 툭하면 집주인이 집세 재촉 또 하더라. 쌀이 떨어졌다. 나물 또 들여와야 한다. 김장도 담가야 한다. ……나는 무슨 화수분인 줄 알았습디까? 내가 무슨 수로 다달이 이십 원 삼십 원씩 모갯돈을 만들어논단 말이유? 그걸 빠안히 알면서도, 나를 지긋지긋하게 조르는 게 그게 날더러 부랑자 녀석이라도 하나 끌어들이라고 권하는 게지 뭐유?

아아니야. 어머니도 조년하구 다아 한패야. 다아 한패야. 아버지도 한패야. 셋이 다아 한패야. 그래 셋이서 나 하나만 가지고 들볶는 거야. 뭐 동네가 부끄러워? 동네가 부끄럽다구? 흐흐, 자기 딸년에게 별별 못할 짓을 다아 시켜왔으면서, 그래도 동네가 부끄러운 줄은 알았습디까? 그래도 체면을 볼 줄은 알았습디까? 하 하 하 하 하……

흡사 정신에 이상이라도 생긴 사람처럼 울고, 웃고, 열에 띤 눈 속에, 육친에 대한 끝없는 증오를 품은 채, 이렇게 한바탕 영산을 하고 난 영이는, 할말을 다 하고 나자, 또 한번 크게 웃고, 그리고 그대로 까무러쳐버렸다.

4

 영이는 그대로 보름이나 자리에 누워버렸다. 그날 와서 주사를 한 대 놓아준 의사는 '임신 삼개월'이라 말하고 돌아갔다. 깨어난 영이는 그 말을 듣고 곰곰이 생각해본 끝에, 마침내 뱃속에 들어 있는 아이의 '아버지'를 맞추어내었다.
 결코 가난한 잡지사 사원이라든 그러한 사람이 아니라, 유복한 전기상회 주인이라는 것이 그에게는 우선 다행하였다. 그는 이제까지도 그중 자기에게 은근한 정을 보여왔고, 또 그이면 능히 어린것과 함께 자기의 한평생을 의탁할 수 있을 게다. 나이는 좀 많아, 올해 서른아홉이라든가, 갓 마흔이라든가. 하지만, 물론 나이 진득한 사람이라야 계집 위할 줄도 알 게다.
 영이는 자리에서 일어나자 다시 점에를 나갔다. 당장 그날그날의 밥거리를 위하여서도 돈이 필요하였거니와, 뱃속에서 자라나고 있는 어린 생명을 위하여서도, 그는 이제 차차 준비를 하지 않으면 안 된다.
 그러나 그렇게 돈을 탐내면서도, 그는 다시 '사내'들을 집 안에 끌어들이지 않았다. 전기상회 주인도 주인이려니와, 뱃속에 들어 있는 어린것을 위하여, 그는 이제부터라도 제 몸을 단정히 갖고 싶었던 것이다.

그래 사내들은 차차 그에게서 떠나갔다. 그러나 정작 '애 아버지'까지 그를 소원히하기 시작한 것에는 영이는 참말 뜻밖이라, 슬프게 놀랐다. 하지만 다시 생각하여보면, 그것이 역시 그러한 남자들의 마음이었다. 불행에 익숙한 영이는, 그래, 이제 새삼스럽게 제 신세를 한숨지려고도 안 했다.

 순산을 하였다고 기별을 하자, 남자에게서 오십 원의 돈이 왔다. 그러나 그는 마침내 영이도 어린것도 만나보러 오지는 않았다. 물론 영이는 이미 무정한 남자를 심하게 탄하지 않았다. '오십 원'은 그가 예상하였던 것보다도 오히려 많은 금액이다.

 영이는 그 돈을 긴하게 받아 썼다.

5

 영이가 이렇게 큰 시련을 받는 동안, 순이도 역시 그 생활에 변화를 가졌다. 그는 이내 학교를 그만두고 말았다. 그때 영이가 그렇게 발악하기 때문만이 아니다. 저도 학교가 그만 시들하여진 모양이다.

 학생 적과는 달라, 순이는 마음놓고 유난스럽게 화장을 하였다. 그리고 인제 유명한 여배우가 된다고 떠들며 돌아다녔다. 한번 밖에 나가면, 대개는 밤이 제법 늦어서야 돌아왔다.

간혹 집에 붙어 있는 날은, 으레, 영이가 듣기 싫어하는 소리를 한두 마디씩은 한다.

사실, 무슨 각본 속에 그러한 구절이라도 있어, 그 소임을 맡은 순이는 부지런히 연습을 하지 않으면 안 되는 듯이나 싶게.

"저는 결코 당신을 원망하지 않습니다. 이제 제게로 돌아오실 날도 있겠지요. 오직 그것을 한 개의 희망으로 저는 애기와 함께 당신을 기다리겠습니다. 애기를 위하여서는 여급도 그만두었습니다. 만약 저의 어머니가 그러한 일을 한다고 알면 애기는 필연코 슬플 거니까요. 저는 집에 외로이 있습니다. 외로이 들어앉아 삯바느질로 그날그날을 지냅니다."

사실 영이는 바느질을 맡아 하고 있었다. 그러나 전과 같이 순이 하는 말에 말대꾸를 하려 들지 않았다. 또 그의 하는 일에 전연 간섭을 안 했다.

그러면서 다만 영이는 그를 한시도 쉬지 않고 관찰만 하였다.

어디 좀 두고 보자. 나는 별별 짓을 다 하다가 이 꼴이 됐지만, 어디 너는, 그래, 얼마나 잘되나, 좀 두고 보자. 흥…… 오늘밤도 또 늦는구나. 크리스마스라구, 그래, 교회당에 간다구 초저녁에 나갔지만, 자정 넘어까지 뭣 하러 게 들 있겠니? 흥!

내일 아침 일찍이 꼭 입게 하여달라는 '교하부다이' 저고리를 끝내고, 마침 잠을 깬 갓난애에게 영이가 젖꼭지를 물렸을 때, 그제야 순이는 눈을 맞고 돌아왔다.

그는, 그러나, 곧 마루로 올라오지 않고, 잠깐 앞창미닫이 밖에 가 서서 망설거리는 모양이더니 마침내 방긋이 미닫이를 열고 그 틈으로 안을 엿본다.

순이는 모든 것을 눈치채고 반짇고리를 한옆으로 치웠다. 아이를 안아들었다. 머리맡 벽에는 십자가가 걸려 있었다. 코웃음을 치고 영이는 안방으로 건너갔다.

전에 나는 그런 때마다, 네 이부자리를 안방으로 날랐다. 이번에는 마땅히 네가 내 이부자리를 나를 차례다. 홍!

순이는 형의 이부자리를 매우 거북스럽게 들고 건너왔다.

홍! 나는 널더러 월사금을 해달라진 않았다. 아니야, 흐윽 어머니가 집세 말이라도 했는지 모르지. 그러냐? 순이야······

영이는 아우에게 그 동안 지녔던 원한과 증오를 이 기회에 그대로 쏟아놓고 싶었다. 참말이지 속이 시원한 듯이 느꼈다. 내일 아침에 순이가 일어나는 길로 그 얼굴을 빠안히 쳐다보면 좀더 속이 시원하리라고 생각하였다.

잠깐 귀를 기울여보았으나, 건넌방에서는 아무 소리도 들려오지 않았다. 불은 벌써 아까 끈 모양이다.

나는 언제든 그 이튿날 아침이면, 사내를 졸라 식구 수효대로 '자장면'을 시켜왔다. 참말이지 이 동리 청요릿집에서 시켜다 먹을 것은 그것 한 가지밖엔 없다 하건만, 너는 그것을 더럽다고 한번도 입에 대려 들지 않았다. ……나는 그러나 내일 아침에 어디 한번 맛나게 먹어볼 테다.

 영이는 생각난 듯이 곁에 드러누운 어머니와 또 아버지의 얼굴을 차례로 바라보았다. 그들은 물론 지금 건넌방에서 순이의 몸 위에 일어나고 있는 일을 알고 있을 게다. 그러나, 그들은 이미 놀라지 않고 또 슬퍼하지 않는다.

 ──이것이 인생이란 것이냐?

 갑자기 몸이 으스스 추웠다. 영이는 베개를 고쳐 베고 눈을 감았다. 어인 까닭도 없이 운동회날 본 순이의 모양이 눈 앞에 서언하다. 이윽히 그것을 보고 있다, 영이는 한숨을 쉬었다.

 ──너마저 집안 식구에게 자장면을 해다 주게 됐니? 너마저 너마저……

 영이의 좀 여윈 뺨 위를 뜨거운 눈물이 주울줄 흘러내렸다.

최노인전 초록

 최노인이 매약 행상(賣藥行商)을 다니기도 이미 삼십 년이 가깝다. 스스로 경오생(庚午生)이라 일컬으니까 올에 예순아홉이 분명하거니와, 그 얼굴은 볕과 바람에 까맣게 타고, 또 가난과 고생으로 하여 주름살은 깊고 굵었으므로, 모르는 이들은 그가 자기네들 곁을 지나도, 그저 세상에 흔하디흔한 그러한, 약장수거니—하여, 별흥미를 느끼지 않는 모양이나, 한번 알고 보면, 분명히 그들은 신기하게 놀라고 말 것이, 이 최노인은 정녕한 한국 시대(韓國時代) 관비 유학생(官費留學生)의 한 명이었던 것이다.
 "그까짓 거, 지금 와선, 뭐어, 자랑이 될 것도 없는 게지만, 머리 하나래두 남버덤 먼점 깎긴 했지."
 그도 그럴밖에 없는 것이, 조선 안에 삭발령이 내린 것이, 그게 을미년(乙未年)이었으니까, 갑오년(甲午年)에 일본으로 건너가자 즉시 머리를 깎은 노인은, 그것만으로도 남들보다 일 년 먼저 개화하였던 것이 분명하다.

"관비 유학생으루 뽑힌 사람이 도합 백여 명인데, 박영효에게 인솔받어 서울을 떠날 때가 장관이었습니다. 시방 같으면야, 뭐어, 노좀이니, 힛가리니 허구, 급행차가 있는 세상이라, 타기만 허면 그대루 뚜루루 부산까지 데려다주구 게서 배 타면 그만인 게지만 그때루 말허면 경부선은 이를 것도 없구 경인선두, 개통 안 됐을 때니, 천생 제물포까지 걸어가야만 헐밖에…… 그래 백여 명이 팔십 리 길을 걸어가는데, 노돌강변 백사장에 이르자, 박영효가, 우릴 삥 둘러 세놓구, 일장 훈시가 바루 다음 같았으렸다. '여러분 중에는 양반의 자제두 있구, 중인의 자제두 있구, 또 서민의 자제두 있구, 그렇게 형형색색이겠지만, 지금 세상은 개화허는 세상이라, 예전같이 반상이나 가리구, 문벌이나 찾구, 그러던 때와는 다르단 말이야. 누구든지 그저 학업에 힘써, 저만 잘허구 볼 말이면 그 사람이 곧 양반인 게요. 비록 좋은 가문에 태어난 자제래두, 원래 타고난 재주 없고, 학업에 힘쓰지 않을 말이면, 그게 곧 상민이라, 여러분은 이걸 명심해야만 되우.' …… 그러지 않았겠소? 지금은 누구나 헐 줄 아는 말이지만, 당시에 이처럼 말허기가, 그게 쉰 일이 아니거든. 박영효가 그이가, 그, 인물입니다."

'인물'이기로 말하자면, 노인의 기억 속에 후쿠자와 유키치(福澤諭吉)의 존재가 또한 뚜렷한 것이었다.

"동경으루 건너가자, 한국 유학생은 모조리 경응의숙(慶應

義塾)에 입학을 했는데, 알아보니까, 지금두 그 학교가 있다더군 그래. 헌데, 호옥 아는지 모르겠소마는, 당시 총장이 후쿠자와 유키치라, 이이가 또 인물이거든. 우리 백여 명을 차례루 하나씩 불러다가 성명 삼 자에 자(字)까지 묻고 나서, 다음에 '무엇을 배우러 오셨소?' 그러더란 말이야. '예에, 정치학을 배우러 왔지요.' '예에, 나도 정치과에 들어가겠소.' '예에, 정치과요.' …… 허구, 백여 명 유학생이 여출일구루 정치과를 지망허는 데는, 후쿠자와 선생두 일변 어이가 없구, 일변 딱하구, 그랬던 모양이라, 후우 한숨을 쉬구 나서, '그야 나라 정살 해나가는 사람두 물론 있어야 되겠지만, 당신네들같이 모처럼 뽑혀온 유위헌 청년들이 모조리 정치가가 되기만 원헌다는 건 옳지 않은 생각이오. 사농공상이라 하여, 자고로 선비를 그중 으뜸에 놓구, 장사치를 그중 뒤루 돌렸으니, 선빈즉슨 말허자면 정치가라, 그래 모두 그 까닭에 그걸 원허나보오마는, 우리 일본이나, 귀국이나, 다 함께 구미 선진국(歐米先進國)을 따라가려면, 정치만 가지구는 안 될 말이라, 똑 크게 공업을 일으키구, 실업 방면으루두 활약을 해야 헐 노릇인데, 자아, 경제과 같은데 들어가 공부헐 생각은 없소?' …… 일껀 일깨줘두, 그저 한결같이 '난 정치과유.' '나두 정치과유.' …… 지금 생각허니, 딴은 후쿠자와 선생의 말이 옳은 말이라, 당시에 그처럼 아무것두 모르구 날뛰든 걸 생각헐 말이면, 지금두 제풀에 낯이 다아 뜨겁습니다."

 그래, 모조리 정치과에 학적을 두었으나, 명색이 대학생이지, 우선 '아이우에오, 가키구케코'부터 배우지 않으면 안 되었던 그들에게 선생의 강의가 이해될 턱이 없었다. 그래 대부분의 학생은 학업에 흥미를 못 가진 채, 툭하면 학교로 향할 발길을 공관(公館)으로 돌리고 그랬다.

 "당시의 한국 공사가 고영희렸다. 우리가 가면 반갑게 맞어주지. '별고들 없었수? 공부들 잘허시오?' …… 똑 '허우'지, 해라는 안 허는 것이, 우리가 벼슬은 못 했지만, 그래두 선비들이니까……, 그래, 인사가 끝나면, 과일 깎아 내오구, 차에다 나마카시에다, 아주 대접허는 품이 대단허거든. 그래, 그 통에 툭허면 공관으루들 놀러 가는데, 그게 온, 한 달에 한 번이든, 보름에 한 번일세 말이지. 이건 거의 연일 가다시피 허여, 누가 좋아헐 께야. 그래, 나중에는 그러더구먼. '본국에서 무슨 별난 소식이래두 있으면 기별을 해주께스리, 그때나 오지, 별일 없이 이렇게 매일 올 껀 없소' 허구……"

 물론 본국에서 별난 소식이 그처럼 쉽사리 있을 수는 없는 일이라, 그래 도무지 공관으로 놀러 갈 수가 없게 된 유학생들은, 그 대부분이 이번에는 전혀 주색에 탐닉하였다.

 "때가 어느 때라구, 나라에서 모처럼 뽑혀간 몸으로서 주색에만 빠져, 도무지 학업에는 힘을 쓰지 않었든 젠지, 온, 참, 참괴허기 짝이 없소" 하고, 최노인은 한숨을 쉬는 것이나,

그 생활도 일 년 이상을 더 가지 못하여 그들의 대부분은 본국으로 돌아오지 않으면 안 되었다. 그것은 본국에서 '별난 소식'으로 을미정변(乙未政變)을 전하여오기 때문이다.

 그때나, 이때나, 주변이 없고, 약삭빠르지 못한 최노인이다. 유학이라고 단지 일 년에 지나지 못하였고, 그나마 교실에는 별로 나가지를 않았던 터이라 생각하면 사실 우스운 것이었어도, 그래도 수많은 청년들 속에서 특히 선발되어, 관비로 일본에까지 보냄을 받은 몸으로서, 돌아오자 다시 경무청의 일개 순검이 된다는 법은 없었을 것이다. 그것을 최노인은 어떻게 된 노릇인지, 다시 순검 복색을 하고, 이번에는 경무청에보다도 오궁골 갈보집에를 좀더 빈번히 드나들었다.

 당시, 순검 하면, 갈보집에서 세도가 바로 대단한 터에, 최노인은 더욱이 일본 유학을 다녀나온, 이를테면, '신지식'이라, '화륜선' 탄 이야기, '기차' 탄 이야기만 하여주어도 갈보들은 아주 미쳤다.

 특히 기차를 설명함에 있어, 그것이 얼마나 상상을 초월한 쾌속도의 것인가를 표현하여,
"기찻길 가루, 쭈욱 전봇대가 늘어섰는데, 전봇대와 전봇대 상거가 여러 수십 칸이거든. 헌데, 기차가 한참 신이 나게 빨리 달릴 때, 창에서 이만침만 떨어져 앉아가지구 밖을 바라볼 말이면, 흡사 기차창이 촘촘허게 창살을 해낀 것 같다니

까. 왜 그런고 허니, 기차가 하두 빨리 달리는 통에, 그 여러 수십 칸씩 떨어져 섰는 전봇대가 그렇게 그냥 자주자주 뵈니까."

그러한 황당무계한 말로 갈보들의 정신을 현황하게 하여 놓던 최노인이었다.

그 이야기와, 또 한 가지, 일본 유학 시대에, 밤중에 방안에가 요강은 없고 그렇다고 낭하 저끝까지 변소를 찾아가기는 싫고 하여, 곧잘, 다마미를 쳐들고 그 밑에다 오줌을 누던 이야기와, 그러한 것으로 오궁골 갈보를 녹이던 최노인은, 경무청 순검 생활 십구 년 후에, 경성감옥 간수를 다시 이태 다니고는, 방향을 돌리어, '노돌정거장'의 '출찰괘'가 되었다.

"출찰게면 게지, 왜 괘는 괩니까?"

하고, 모르는 이가 물으면,

"어디 게라구 계(係)인 줄 아슈? 괘야, 괘(掛). 시대가 다르니까, 지금은 게라구 헐 것두, 그 당시는 괘거든."

하고, 당시와 지금이 다르다는 예로, 대신의 칭호로부터 동리 이름에 이르기까지 대체 섣불리 물은 이가 그만 신설머리가 나도록 늘어놓는 것이었다.

출찰괘를 한 일 년 다니다가, 노인은 이번에는 '나무시장' 표 파는 사무를 잠시 맡아보았다. 그러나 그것도 반년 남짓에 그만두고, 다음에 들어선 매약 행상업으로 어언간 삼십

년 가까이 지내오는 그다.

"가만히 둘러보면 나만 이 꼴이지, 당시 유학생이 거개 잘된 모양이거든. 아, 참, 중추원의 모모헌 이라든지, 실업계의 모모헌 이가 왕시에 다아 내 동창이니……"

자못 감개가 무량하여 하는 것을,

"아, 지금이래두 서로 왕랠 허시면 좋지 않으세요?"

하고, 듣는 이가 다시 객쩍은 말을 하기라도 한다면, 노인은 금시에 정색을 하고 타일렀다.

"아, 누가? 내가? 내가 그 사람들허구 상종을 헌다?……온, 어림두 없는 말……, 여보. 사람이 서루 상종을 헌다는 게, 그게 그렇습니다. 둘이 다아, 권세가 있으면 권세가 있다든지, 부자면, 부자라든지, 그렇지 않으면 한편은 돈이 있구, 또 한편은 지위가 당당허다든지…… 어떻게 그렇게 서루 저울질을 해서 저울대가 평평해야만 상종이 되는 게지, 한편이 무엇으로든 너무 기울고 본즉슨 상대가 안 된단 말이야. 가만히 두구 보구료. 세상 형편이 꼭 그렇습니다."

그리고 그는 개연히 막걸리 사발을 기울이는 것이다.

막걸리를 자시기로 말하면, 최노인은 이제는 오직 그것이 그의 앞에 남아 있는 유일한 낙인 것이었다.

"내, 경오생이오. 살 만큼은 살았지, 기쓰구 더 살면 뭐얼해? 그저 얼핏 죽어 없어져야지. 사실, 오래 살려면 오래 살 수나 있나? 오늘 아니면 낼이구, 낼 아니면 모렌데……"

하고 입버릇같이 뇌는 최노인으로서 매일같이 부지런히 약가방을 들고 문밖으로 나서는 것은, 오로지 막걸리값을 벌기 위하여서이었다.

그는 이미 알코올에 중독이 되었다 할밖에 없는 것이, 새벽에 동편만 훠언히 트고 볼 말이면 곧 약방을 나서 털보집에서 우선 해장술을 한잔 마시는 것을 위시하여, 거의 정확하게, 반시간만큼씩 술집을 찾는 것이다.

물론, 최노인이 가는 곳은 새문 밖에만 한정되어 있지 아니하나, 가령 오늘도 구파발 방면으로 향할 말이면, 그는 새문턱을 넘어서부터 단골처 약방과 단골처 술집을 번갈아 들르기에 바쁘다.

"안녕하시요오? 온, 올해두 가물려나? 웬 날이 이렇게 연일 푹푹 찌기만 허누. ……약 논 지 오랜데, 오늘은 아주 가방 털어놓구 가리까? ……우선, 영신환, 아주 쉰 봉만 받아두지. 이렇게 덥구야 어른 아이 헐 것 없이 탈들 안 나구 배기나?…… 백고약두 없나본데…… 글쎄 받아두면 팔린다니깐 그러는군. 당장 안 팔려두 구색은 맞춰놔야만 헌다니까…… 돈이야 이따 줘두 그만이구 후제 줘두 그만이시…… 그럼, 이따 들어갈 길에 뵙시다."

한편으로는 외상으로 우선 약을 놓고, 조금 가노라면 무학재 고개 못미처 선술집이 눈에 익어, 이번에는 노인 편에서 취하느니 외상술이다.

막걸리 한 사발에, 간장에 졸인 풋고추나 한 개 집어먹고,
"꾸다요오. 내, 이따 들어갈 길에 다시 들르지."

손등으로 입을 쓰윽 씻고, 다시 가는 길이 바쁘다. '꾸다'란, 노인의 설명에 의하면, 외상술을 의미하는 것으로, 어찌하여 그러한고 하니,

"술은 먹꾸, 돈은 없다."

그래 '꾸다'라는데, 이것은 전혀 자기 혼자서 생각하여낸 말이라 한다.

이처럼 한편으로는 외상약을 놓고, 한편으로는 외상술을 먹으며 무학재 고개를 넘어, 홍제 내리, 외리로 하여, 녹번이 고개를 또 넘어 구파발까지 가면, 오후 두어시가 착실히 된다.

이제는 게서부터 되돌아 들어오는데, 외상약 놓은 집에서는 외상값을 받고, 외상술 먹은 집에서는 다시 한 사발 탁백이를 들이켜고 동시에 아까 먹은 '꾸다' 값까지 얼러서 술값을 치르고…… 그러며 분주히 종로에 있는 약방까지 돌아오는 것이다.

최노인은 이처럼 아침에 약방에서 나와 밤에 약방으로 돌아갈밖에 없었던 것이, 그에게는 돌아갈 집도 맞아줄 처자도 세상에 있지 않았던 까닭이다.

딸은 있었다. 그러나 최노인에게 있어서 딸은 자식이 아니었다. 그는 기회 있는 대로 딸의 욕, 사위 욕을 하였다. 그것

도 자세히 이야기를 듣고 보니, 일이 맹랑하기는 한 것이, 애초에 그는 딸만 형제를 나서 기르며, 늙은 마누라와 후사를 걱정하던 끝에 마침내 큰딸에게 데릴사위를 구하여 집안에 끌어들였던 것이라 한다. 그래, 몇 해고 지내왔던 것이, 일곱 해 전에 마누라가 그만 돌아가고 말자, 어떻게 주객이 전도되어, 집안에 주장 서는 것은 원래는 남이었던 사위요, 자기는 슬그머니 붙어 먹고 사는 늙은이처럼, 그렇게 자리가 뒤바뀌어진 사실이다. 그도 그럴밖에 없는 것이, 딸년도 그냥 딸년일세 자기 어버이 위할 줄도 아는 것이지, 서방이 생기고 볼 말이면, 어버이보다 제 서방 알기가 더하여, 그래, 눈꼴사나운 일도 많이 당하고, 나중에 홧김에 견디다 못하여, 너희들끼리 재미나게 살아라, 난 이 집에 다신 안 들어오겠다――한마디로 집을 나서, 이내 종로 양약국으로 찾아들어왔던 것이 아주 눌러 오늘에 이른 것이었다.

그러기에 그는 툭하면 사위를 욕하고, 딸을 괘씸히 생각하는 것이었으나 그러면 또 그와 동시에 죽은 마누라 생각이 간절한 것도 어쩌는 수 없는 일이라,

"옛말이 다아 옳지, 다아 옳아. 어느, 효자가 불여악처(孝子不如惡妻)라니…… 효도스런 자식이 고약한 아낙만 못하다. 옳은 말이지 옳은 말이야. 사실 제아무리 효자, 효자, 해두, 그래, 그놈이 제 애비 술 취해 자는데 오줌 마려운 눈치채구, 이불 숙에다 요강 밀어넣준답디까? 어림두 없지 어림두 없

어. 그저, 마누라백엔 없습니다. 없에요."

 밤낮 약주만 자시는 이라, 드는 예도 그러한 것이 많았으나, 하여튼 그러하였던 까닭에, 큰딸은 이를 것도 없이, 작은딸이, 그럼 제집에 와 있으라 그렇게 입이 아프게 말하여도 그는 종시 듣지 않는 것이었다.

 그래도 작은딸네 집에는 옷을 갈아입으러, 달에 한두 차례는 들렀다. 작은사위는 영등포에 집을 가지고 있었으므로, 노인은 그곳을 나가기 위하여서는 하루 장사를 쉬어야만 하였다.

 약가방을 안 들고 나간 그가, 새 옷을 번듯하게 입고, 술이 얼근히 취하여 저녁에 돌아올 때, 약방의 젊은 점원은 으레 한마디하였다.

 "따님한테 다녀오시는 길이시로군요."

 대개 이 화제가 노인에게 불쾌한 것임을 그는 잘 알고 있는 까닭이다.

 "응. 그, 근처 들를 데가 있어서……"

 하고 최노인은 어름적거리러 드는 것이나, 밤에 자리에 누울 때, 노인에게 당치 않은 양말대님이 그의 마른 장딴지에 걸치어 있는 것을 발견하고는 점원은 다시 짓궂게 한마디한다.

 "그, 웬 겁니까?"

 "뭐얼, 저어……"

"새건 아닌가 본데…… 오오, 서랑이 자기가 허든 걸 드린 게로군요?"

그럼, 사실을 부인할 수 없는 대신에 최노인은 그것을 가지고 다시 둘째사위마저 욕하러 든다.

"그눔이 아주 날탕이지, 날탕이야. 양말대님이 어디 이거 하난 줄 아우? 멀쩡헌 게 세 개 네 개씩 방바닥에가 뒹굴지. 있건만 또 사구, 또 사구…… 사실 그눔이 어디 그럴 형센가? 철도국 직공으루 댕기는 놈이…… 또 게을러 빠졌죠. 오늘두 나가보니까, 대가리를 붕대루 싸매구 들어눴기에 왜 그랬냐니까, 술을 너무 먹구, 낭떠러지에서 떨어져 그랬다던가? 그래 오늘째 연사흘 쉬는데, 그래도 일급이 아니라 월급이 돼놔서 며칠을 쉬든간에 상관이 없다는구먼. 온, 똥을 자배기루 쌀 놈……"

"아, 그래두 서랑이 최주사껜 약주 대접만 잘허나보던데 그러세요?"

"약주 대접이 무슨 약주 대접……"

"왜 이러십니까? 팬시리…… 다아 알구 있는데……"

"응, 오오, 참 먹구 가라구 소주 십오 전 이치 사나주더군. 온, 신에두 붙지 않게……, 십 전이면 십 전이구, 이십 전이면 이십 전이지, 십오 전 어치란 뭐야? 온, 고런 안달이……"

그러고 그는 다시,

"아이, 이 꼴 저 꼴 안 보려면, 오늘밤 안으루래두 죽어버려야……."

하고, 그러한 말을 하는 것이나, 그는 그래도 윤치호옹보다는 좀더 오래 살 것을 은근히 계획하고 있는 것이 분명하여,

"근대에 사회적 인물로는 내가 월남 이상재 선생을 추앙하였습니다. 월남 선생 돌아가셨을 때는 내가 영구를 뫼시구 남문 밖까지 따라갔었으니까……, 월남 선생 돌아가신 후의 인물로는 윤치호 선생인데, 그분 돌아가시면 내 또 영구 따라나서야지"

하고, 그것도 한두 번이 아니다.

춘 보

1

 일찍 해먹는 집 굴뚝에서는 차차 저녁 연기가 오르기 시작할 무렵이다. 춘보는 소금짐을 지고 교동병문을 들어서 구름재〔雲峴〕를 바라고 올라가며 속으로
 '오늘은 사게 되려나……?'
 하였다.

 밤낮 씨레기죽만 먹고 지내니 가뜩이나 애를 밴 여편네가 헛헛증도 날 것이었다.
 바로 보름 전 일이다.
 "잠 모시조개가 나왔더군. 그것 넣구 토장을 맛나게 풀어서 냉이국 한번 끓여 먹었으면……"
 아낙이 반은 혼잣말같이 중얼거리는 것을
 "순이더러 내일 산에 가 좀 해오라지 그래."

한마디하니까 아낙은 어이없는 듯이 "모시조개두?" 한다.

집이 바로 춘생문(春生門) 곁이라, 일곱 살 먹은 계집애년도 바구니 들고 나서기만 한다면 냉이야 한때 끓여 먹을 만큼은 하여오는 게지만 모시조개는 모시조개야 물론 돈이 나가야만 한다.

본래 말수가 적은 춘보(春甫)다. 당장은 그 말에 다시 대꾸를 안 하였어도 아이 밴 지 여덟 달이 되는 배는 바로 맹꽁이를 연상하게 하고 주근깨가 무섭게 솟은 조막만한 얼굴에 오늘도 진종일 동네집 빨래를 하여주었다는 아낙의 늘 먹지를 못하여 가뜩이나 퀭한 두 눈을 보고는

'먹구두 싶겠지. 낼이래두 돈이 생기거든……'

하고 춘보는 속으로 은근히 그러한 생각을 하였던 것이다.

그러나 부지런히 버느라고 버는 명색이 때때 쥐꼬리라 만져보는 돈으로는 언제나 쌀, 나무가 먼저 급하였고 그것도 하루 두 끼니를 또박또박 대지 못하는 형세에 무슨 수로 모시조개를 얻어볼 것이랴? 그래 아낙도 꼭 그때 한 번이오 다시는 그런 말 입 밖에 내지를 않았고 춘보도

'오늘은……'

'내일은……'

하고 벼르기만 하며 그 결코 크다고 못 할 아낙의 원을 풀어주지 못하였다……

오늘 아침에도 아낙은 어제 일하여준 집에서 얻어온 찬밥 한 덩이를 두 그릇에다 별러서 적은 것은 순이 형제, 좀 많은 것은 남편 앞으로 밀어놓으며, 자기는 이제 곧 화개동(花開洞) 최생원 댁으로 떡방아를 찌어주러 갈 테니까 거기 가면 한술 얻어먹게 된다고 그렇게 말하였다.

 남의 집 가서 일해주면 제 한 입 얻어먹기는 하는 게지만 누가 일도 하기 전에 밥부터 먹으라고 하랴——생각을 하면 차마 숟가락이 놀려지지를 않았으나 그래도 밖에 나가 막벌이를 하려면 염체 불구하고 한술 뜨기는 떠야만 하였다.

 밥 한술——문자 그대로 한술이었다. 숟가락을 세 번 놀리고 나니 사발전에 말라붙은 밥풀이 댓 알 남는다. 춘보는 허리를 졸라맨 다음에 지게를 지고 나와 삼사월 긴긴 해를 다 보내고 이렇듯 저녁때나 되어서야 겨우 얻어걸린 것이 이 소금섬이다. 그것도 다른 지게꾼들은 누가 맹현(孟峴) 마루터기까지 한 돈 오 푼에 간단 말이오? 두 돈을 준대도 싫소——하고 머리들을 내어젓는 것을 그나마 놓쳤다가는 빈손으로 들어갈밖에 없을 것이 안타까워 내가 가리다 하고 나서서 그래 얻은 벌이였다.

 아침에 찬밥 한술 떠먹고 나온 채 왼종일을 굶은 몸에 소금짐은 과히 무거웠다. 질방은 마른 어깻죽지를 으스러져라 억누르고 기운 없는 두 다리는 그대로 허청허청 공중에 논다. 맹현 마루터기는 물론 까마득하였다.

　춘보는 왼손편에 으리으리한 솟을대문을 곁눈으로 보고 지내며 저도 모르게 후유! 하고 한숨을 쉬었다. 등에 진 짐이 벅차기 때문만이 아니다. 서슬이 푸르던 안동김씨(安東金氏)의 세도가 대원군(大院君)이 나선 뒤로 아주 전만 못하여졌다니까 과연 지금도 그런지는 모를 일이나 한참 당년에 혜당(惠堂) 댁 나귀는 약식(藥食)을 잘 자시고 호판(戶判) 댁 큰 말은 약과(藥果)를 아니 잡숫는다고 ─ 그것은 누구나 다 알고 있는 이야기이었다.

　'제길헐…… 한 돈 오 푼……'

　쌀 팔면 그만인 돈이었다.

　'약과두 말구…… 약식두 말구……'

　모시조개 ─ 그렇다 모시조개였다.

　'술값을 달라지. 달래보아 요행 주거든 ─ 아니 안 주드래두 어떻게든 받아내서…… 정 급하니까 가겠다고 나섰지 누가 한 돈 오 푼에…… 그래 술값 얼러 아주 두 돈으루 채달래서……'

　아주 두 돈으로 채달래서 그래 모시조개를 좀 사고 ─ 하는 그 알량한 꿍꿍이속도 그러나 미처 끝을 아물려보지 못한 채 나중에 생각하여보니 그것은 아마도

"이 자식아! 귀가 먹었냐?"

　하는 소리이었던 모양이나 그때는 그저 밑도끝도없이

"―먹었냐?"

 하는 소리만 마른하늘에 된벼락치듯 쩡! 하고 귀청을 울리며 인정사정없는 억센 손길이 어깻죽지를 와락! 떠다박질러 절로 나오는 '에쿠!' 소리와 함께 춘보는 소곰짐을 진 채 지겟작대기는 저만치 내동댕이를 치고 그대로 모로 길가에가 나가떨어졌다. 나가떨어진다는 것이 하필 또 모진 돌부리가 군데군데 박혀 있는 곳이라, 거기다 관자놀이를 몹시 부딪고 춘보가 그만 정신이 아찔하여 잠시는 일어날 줄도 모르고 있을 때

"에―라 이놈들! 물리거라 비켜라! 에! 선 눔은 모두 앉거라!"

 넓은 길을 좁으라고 벽제 소리를 연성 치며 어느 대관의 행차는 바로 호기 있게 구름께를 바라고 올라가고 있던 것이다.

 춘보는 쌀만 팔아가지고 집으로 들어왔다. 모시조개는 오늘도 못 사고 만 것이다.

 그래도 쌀이나마 팔 수 있은 것이 대견하다고나 할까? 대견하기는 무얼?…… 아까 소곰섬 지고 떠다박질리 돌부리에 부딪힌 곳들이―머리가 어깨가 옆구리가 저마다 쑤시고 결렸다. 바른편 정강이에서는 시퍼렇게 멍조차 들었다. 그는 맹현서부터 집까지 사뭇 절며 온 것이다. 실없이 되게 곯은 모양이다. 그러나 문을 들어서며부터는 아픈 것을 참고 통히

그런 내색을 안 하였다.

 가난한 아낙은 오늘도 보채는 아이들을 달래며 문밖의 발소리만 지키고 있었던 모양이다.

"벌이가 있었구료?"

 남편이 쌀을 팔아가지고 들어오는 것을 보자 가만한 한숨을 토하며 그는 즉시 마루에서 내려왔다.

"찬밥은 한 덩이 얻어온 게 있지만두…… 기대려서 아주 더운밥을 자슈 시장허우?"

 시장하고 뭐고 허기는 이미 지낸 지 오래다. 텅 빈 배에서는 이제는 쭈룩 소리도 나지 않았다. 그러나 춘보는 더운밥이고 찬밥이고 지금 도무지 식욕을 느끼지 않았다.

 잠깐 서서 남편의 대답을 기다리다가 그가 종시 아무 말이 없는 것을 보자 아낙은

"금방 될걸 더운밥을 자슈."

 한마디하고 분주히 부엌으로 들어갔다.

"엄마! 밥!"

 하고 다섯 살 먹은 또순이가 쪼르르 부엌문 앞으로 갔다. 일곱 살 먹은 순이는 '엄마'도 '밥'도 부르지는 않았으나 저도 동생 곁으로 가서 부엌을 들여다본다.

"오! 주지. 주지. 올러가 있거라 찬밥 한술씩 주께."

 아낙의 말소리가 들리고

"나 찬밥 싫여. 더운밥 줘야지."

또순이가 투정을 하는 것을
"더운밥은 아빠 먹을 꺼야. 아무거나 배고픈데 먼저 먹으면 좋지 않니?"

순이가 그래도 좀 크다고 타이르는 사이에 엄마는 숟가락 두 개 꽂아 찬밥 한 사발과 아침에 먹다 남긴 멀건 된장찌개 한 뚝배기를 들고 나와 마루 끝에다 놓아주었다.

순이야 물론 두말이 있을 턱 없지만 더운밥이라야 한다던 또순이도
"밥! 밥!"

하고 쫓아 들어 마루에 올라설 사이도 없이 숟가락 하나를 덥석 쥐고 욕심껏 퍼서 한 입에 넣는다.

밤낮 배가 고파하는 아이들이다. 제대로 얻어먹지를 못하여 뻬쭉 마른 것이 하릴없는 망둥이 새끼였다.

춘보는 얼빠진 사람처럼 마당에가 그대로 서서 이 꼴을 멀거니 보고 있다가 생각난 듯이 마루 끝으로 가서 아이들 곁에가 걸터앉으며

'원 제길헐……'

하고 한숨을 쉬었다.

밤낮 먹지를 못하여 걸걸하는 자식 새끼들을 보고 한심하기 때문이 아니다. 떠다박질러 다친 데가 결리고 쑤시기 때문도 아니다. 모시조개를 못 사기 때문은 더구나 아니다. 방금 골목을 들어서며 만난 돌쇠 할아버지에게 들은 말이 있기

때문이었다.

'원 집이 헐릴지도 모른다니 제길헐……'

춘보는 어둠이 차차, 짙어오는 마루 끝에서 눈을 끔벅거리며 풀이 죽었다.

바로 지난달에 의정부(議政府) 우물에서 무슨 비결(秘訣)이라나 하는 것을 새겼다는 돌이 나왔고 그 비결이라는 것을 좇아 쉬 경복궁 대궐에 큰 역사가 벌어지는데 그때에는 장안 백성들이 모두 부역을 나가야만 하리라고—그것은 춘보도 엊그저께 알고 있는 일이다. 그러나 돌쇠 할아버지 이야기는 그 부역도 부역이려니와 한번 역사만 시작되는 날에는 대궐 담 밑에서 사는 집들은 하나 남지 않고 모조리 헐리고 말리라는 것이었다. 놀랍고 기가 막힌 소식이었다.

하기는 돌쇠 할아버지도 확실히는 모르는 모양이어서

"큰일일세 큰일이야! 대체 우리처럼 없는 눔이 예서 쫓겨나면 어딜 간단 말인가?"

괴탄을 하고 나서

"자넨 혹시 그런 소리 못 들었나?"

하고 되묻는 것을

"못 들었는데요. 거 정말일까요?"

하니까 노인은 잠깐 춘보의 얼굴을 빤히 들여다보고 있다가 뒤늦게야

"아 그럼 그럴 께 아니겠나? 하! 그 참……"

하고 한숨을 내쉬었던 것이다.

듣고보니 춘보 생각에도 그것은 과연 그럴 성싶은일이었다. 경복궁이 불에 탄 것은 임진란 때라지만 전각들이 모두 재가 되어버린 뒤로 이내 그냥 버려두었으니 그렇지 상감이 이제 창덕궁서 이리로 옮겨앉으려고 새로 대궐을 짓는다는데 그 대궐 담 밑에 이 추저분한 오막살이 초가들을 그대로 두어둘 리가 없는 일이다.

'돌쇠 할아버지 말마따나 없는 놈이 집마저 헐리고 쫓겨나면 그래 갈 데가 어딘구……?'

춘보는 새삼스레 집 안을 한번 둘러보고 후유! 한숨을 쉬었다.

3

춘보는 이튿날 벌이를 못 나갔다. 하룻밤 자고 나면 괜찮으려니 한 것이 뜻밖에 더하여 잠깐 자리에 일어나 앉는데도 몸을 좀 잘못 쓰면 '에구구' 소리가 절로 나온다. 아무리 내색을 안 하재도 이제는 하는 수 없는 노릇이었다.

"밤에두 듣자니까 앓는 소릴 몹씨 헙디다. 어딜 대체 으떻게 다쳤기에—"

하고 아낙이 자꾸 보자는 통에 아픈 것을 이를 악물고 간신히 참고서 저고리 소매를 떼고 보니 뼈나 안 상했는지 어깨가 팅팅하게 부어오른 것이 손끝만 잠깐 닿아도 그만 펄쩍 뛰겠다.

"어이 가엾어라!…… 그래 예만 다쳤수?"

"아! 니 저 정갱이두……"

이번에는 아낙의 손을 빌리지 않고 제 손으로 조심조심 바짓가랑이를 걷어올리고 본다. 멍든 자리가 어제 볼 때보다도 좀더 시퍼렇다.

아낙은 제가 아픈 듯 눈살을 찌푸리다가

"원 이렇게 다치구두 그래 말이 없수?"

어이없는 듯이 남편의 얼굴을 한참이나 빤히 바라보다가

"짐을 진 채 그대루 떠다박질렀다며 허리 안 삔 게 다행이 유."

한다. 허리는 왜 안 삐었겠느냐? 그러나 춘보는 허리마저 결린다는 소리는 안 하였다.

"천하에 몹쓸 놈두 다 있지. 그래 대신 행차 말구 바루 상감님이 거둥을 허시기루 짐 지구 가는 사람 그렇게 인정사정없이 떠다박질르는 데가 어딨누?"

"………"

"그래 이렇게 다친 걸 보구두 아무 말 없습디까?"

"누가 말이야?"

"누군……? 짐 임자 말이지."

"……….."

"거 안됐다구 원 술값이래두 후허게 줘야 헐 일 아냐? 경계가……"

"내 후헌 사람 다 보겠네."

"후허지 않어두 그렇지."

"……….."

"제가 안 주건 이편에서 한번 달래나볼 꺼 아니야?"

달래는 보았었다. 그랬더니 저편 말이…… 그러나 이제 아낙 보고 긴 사설 늘어놓기가 춘보는 싫었다. 그래 그는 그냥 한마디하였다.

"내 불찰루 다친 걸 그 사람에게다 떼를 쓰면 뭘 해?"

"그래두 저의 짐 날러주다 그런 거 아냐? 받구 못 받군 둘째구 원 말이나 한번 해볼 께지."

"……….."

"임잔 너무 순해! 사람이 너무 곧아요!"

춘보는 눈을 감고 대답 대신 고개를 두어 번 끄덕끄덕하였다. 그러나 춘보는 춘보 자신이 더 잘 알았다.

'날 보구 곧으니 순허니 그러지만 내가 실상은 주변머리가 없구 사람이 좀 변변치가 못 하거니……'

하고 춘보는 그렇게 생각한다.

우선 벌이가 늘 시원치 못한 것도 그 까닭이다. 사실 그는 남처럼 똑똑하고 약삭빠르지가 못하여 좋은 벌이는 많이 동간들에게 빼앗겼다. 짐이 너무 벅차거나 삯이 너무 적거나 하여 남들이 머리를 흔드는 그런 벌이나 겨우 차례에 왔다. 술값도 그렇다. 남들은 일거리만 얻어걸리면 술값 몇 푼이야 으레 따는 당상으로 아는데 춘보는 좀처럼 말이 안 나왔고 눈치 보아가며 간신히 굳된 입을 떼어놓았다가도 저편에서 얼른 응하여주지 않으면 두번도 졸라보지 못하고 그대로 돌아서버리는 것이다.

4

춘보는 그날부터 꼬박 사흘을 벌이를 못 나갔다.
'나가보아야…… 나가보아야……'
애는 타면서도 도무지 몸이 말을 안 듣는다.
아낙은 채독 같은 배를 안고 어제도 오늘도 동네집으로 일을 하여주러 나갔다. 아낙이 일은 남의 곱절한다. 그도 순하디순한 게 무던이나 사람이 곧았다. 도무지 일에 꾀라고는 필 줄을 모른다. 그래 동네서 사람을 얻으려면 으레
'순이 에미 순이 에미.'
하고 찾는 게지만 그들 형용마따나 일은 '황소처럼' 하며 먹는 것은 늘 시원치가 않아 그의 자는 얼굴을 어째 가다 보면 마음에 애처롭고 가엾기보다 차라리 무섭고 끔찍스러웠

다. 그것은 도무지 사람의 형상이 아니었다.

'불쌍한 여편네……'

어린것들은 또 어린것대로 밖에 나가 노는 동안만 말이 없지 집에 한발 들여만 놓으면 그저 찾느니 밥이다. 어미가 저는 배를 주리어 그래도 자식들 배고파하는 것이 애처로워 빌려서 먹이는 밥술을 철없는 것들이 무엇을 알랴? 나쁘다고 더 달라고 투정을 할 때 춘보는 왈칵! 밉고 괘씸한 생각조차 들어

"저것들이 그래 왜 생겨나서 이 성환구?……"

하고 어떤 때는—바로 오늘 아침에도 소리를 버럭! 질러 보았던 것이나 춘보는 그 즉시 뉘우친다. 생각하여보면 어린것들에게 죄는 없었다.

'가엾은 자식들……'

저 가엾은 자식들에게 무슨 죄가 있으랴?—그러나 죄는 자기들 부모 된 사람에게도 없었다. 만약 있다 하면 그것은 필시 전생에서일 것이다. 아니 자기들은 전생에서 죄를 많이 진 것에 틀림없을 게다. 분명히 그럴 게다. 그래 그 벌로서 이 생에 쌍놈으로 태어난 것이 아니고 무이라?

'모든 게 팔자 소관……'

어려운 사람들, 불행한 사람들은 단념하는 것에 익숙하다. 죽도록 일을 하고 또 하여도 밤낮 굶주리고 헐벗으며 그래도 춘보는 모든 것을 팔자 소관으로 돌렸다. 양반들에게 돈 가

졌다는 무리들에게 갖은 압제 갖은 수모를 다 받으면서도 그도 모두 내 팔자 소관이려니 한다. 춘보의 생각은 옳았다. 모두 제가 타고난 팔자다. 누가 쌍놈으로 태어나랬더냐? 원망을 하려거든 쌍놈의 집안 어렵고 천한 집안으로 점지를 하여 준 삼신할머니에게나 대고 하여라.

집이 또 헐린다고 한다. 그것은 이제는 단순히 떠도는 소문이 아니다. 아무렇게도 변통수가 없는 한 개의 엄연한 사실이었다. 아낙이 어제 일을 하여주고 온 집 일가가 되는 사람이 호조 서리(戶曹 書吏)를 다니는데 그 사람 입에서 아낙은 직접 그 말을 들었다고 한다.

헐리겠지. 헐려도 하는 수 없다. 누가 하필 고르디골라 대궐 담 밑에서 살랬더냐? 그래도 집이 헐리는 대신에 돈은 꼭 얼마라고는 안 허지만 주기는 준다나보다. 고마운 일이다. 나라에서 하는 일이 곤장을 쳐서 몰아낸대도 호소할 길 없는 노릇이다.

'그러나 예서 쫓겨나면 대체 어디루 가누?……'

돈은 준다지만 주면 얼마를 주랴?

'망헐 늠의……'

그러나 춘보는 감히

"─세상!"

하여보지 못한다.

"─신세!"

그렇다. '망헐 늄의 신세'였다.

"엄마 왔수?"

언제 들어왔는지 바로 앞에서 또순이 목소리가 들린다. 대답이 없으니까 방문을 열어보고

"아빠 배고파!"

한다. 배는 염치도 없이 춘보 자신도 고팠다. 대답할 기력도 없어 그는 시꺼멓게 찔은 보꾹만 물끄러미 치어다보고 있었다.

그러자 문득 부엌에서 그릇들 덜거덕거리는 소리가 난다.

"엄만가?"

하고 또순이는 부리나케 방에서 뛰어나갔다.

'왔나? 오늘은 퍽 일르이……'

춘보도 저 모르게 침을 한 덩이 삼킬 때 그러나 소리를 낸 것은 아낙이 아니라 순이였던 모양으로

"뭐 있니? 뭐 있어?"

하고 또순이가 묻는 말에

"있긴 뭐 있어?"

순이의 짜증내는 소리가 나고

"그럼 너 먹는 거 뭐야?"

다시 묻는 말에는 대답이 안 들리더니

"저만 먹구! 저만 먹구!"

마침내 어엉어엉 하고 또순이의 울음보가 터졌다.

그냥 버려둘 수가 없어 또 궁금하기도 하여
"뭐냐? 왜 그러니?"
묻고 나서 춘보는 마음이 어두웠다.
김치쪽이었다. 어제 아낙이 동네서 한 보시기 얻어온 군내가 나는 묵은 김치쪽이었다. 아침에 다 먹은 줄 알았더니 그게 어떻게 한두 쪽 남았던 모양이다.
'내일은 나가보아야······'
춘보는 반듯이 누운 채 가만히 바른팔을 들었다 놓았다 하여보았다. 아직도 어깻죽지가 뼈근하니 아프다. 조심조심 일어나 앉아본다. 허리도 아직 결린다. 정강이 멍든 곳도 제법 가셨다고는 하지만 그래도 손이 닿으면 역시 좀 시큰거렸다.
또순이가 그저 운다. 춘보는 마루로 나갔다.
"착허지 참 착허지. 엄마 밥 가지구 오나 언니허구 나가봐라."
또순이는 그대로 울기는 하면서도 그래도 그 말에 순이를 따라나간다.
'제길헐 먹지 않군 못 사나?······'
죄 많은 인간이었다. 먹을 것이 없으면서도 자꾸 먹어지라 먹어지라 하는 것이 또한 죄가 아니고 무엇이랴? 그날 팔아온 쌀은 어제 저녁까지 겨우겨우 별러 먹고 오늘 아침은 그래도 아주 굶는달 수가 없어 옆집에서 쌀 두 홉을 꾸어다가 또 씨레기죽을 끓여 먹었다.

'천하 없어두 낼은 나가봐야만……'

춘보가 다시 바른팔을 위아래로 놀려보며 눈을 꿈벅 꿈벅하고 있을 때 누가 밖에서

"춘보…… 춘보 있나?"

하고 찾는다.

목소리는 귀에 익으면서도 누구든가 얼른 생각이 안 나서

"누구요—? 들어오—"

하니까

"오— 있구먼."

하고 헛기침과 함께 마당으로 들어서는 사람은 '텁석부리 신서방'이라고 춘보가 전에 한때, 모군으로 따라다닌 일이 있는 오궁골 사는 미쟁이였다. 오늘도 어디서 일을 하고 돌아오는 일인지 왼편 어깨에 연장 담은 망태기를 메고 있다.

"아—니 웬일이슈?"

"좀 보러 왔지."

"마루 끝에래두 좀 앉으시까?"

"아주머닌 어디 가셨나보군."

"동네 잠깐 나갔소."

"그런데 웬일이야? 어디 아픈가? 여러 날째 병문에두 안 나온다구……"

"예— 저— 팔을 좀 다쳐서……"

"그 으떡허다……?"

춘보 169

"예— 저—……"
"그래 지금은 좀 으떤가?"
"그저 그만 허우."
"낼이래두 일 나갈 수 있겠나?"
"왜?"
"내 일 좀 해달라구……"
"무슨 일이유?"
"낼 잿골 정참봉 댁에 방을 놓러 가는데……"
"왜 데리구 댕기든 사람은?……"
"돌석이 말인가? 그눔 아주 팔짜 고쳤지."
"팔짜 고치다니?"
"무당 서방이 돼서 지금 용인 내려가 놀구 지낸다네."
"원 그것두……"
"일은 똑 손이 서루 맞어야만 허는 겐데 뜨내기루 이 사람 저 사람 부려보려니 짜장 화증 날 때두 많데."
"………"
"여보게 춘보."
"예?"
"그러지 말구 아주 나허구 다시 일 안 댕길려나?"
"일은 밤낮 있수?"
"아 일이야 있다 마다. 언제구 손이 무자라 야단이지."
　춘보도 잘 알거니와 신서방은 발이 꽤 넓은 미쟁이다. 전에도 보면 별로 노는 날이 없었다. 그를 쫓아다니는 것이 일은 좀 세차지만 벌이가 나을 것이었다. 춘보는 두말 않고 응낙하였다.

"그럼 내일 새벽에 내가 부르러 옴세."

하고 신서방은 돌아갔다.

그를 보내논 뒤에 춘보의 마음은 좀 명랑하여졌다. 아까 응낙을 할 때는 신서방 쫓아다니는 것이 그저 지게벌이보다는 나으려니 하였던 것이다. 다시 잘 생각하여보니 일은 좀 세차거나 어쩌거나 지게 모양 뜨내기일과 달라 그날그날 벌이가 확실한 것이 얼마란 말이냐?

'신서방 따라다녀 굶지는 않겠지…… 굶지는 않겠지……'

굶지 않으리라는 것이 춘보 마음에 대견하기 짝이 없어 그래 다른 때 같으면 좋은 일이고 언짢은 일이고 별로히 말이 없는 그로서도 그날 밤에는 아이들을 재워놓고 아낙이 자리에 눕기를 기다리어

"참 오늘 저녁때 신서방이 다녀갔지."

하고 내일부터 다시 그와 함께 일을 다니기로 되었다는 말을 하였다.

"그 잘됐구료."

물론 아내도 함께 기뻐하였다. 그러면서도

"그래 다친 덴 이제 아무렇지두 않수?"

하고 염려스럽게 그의 얼굴을 바라본다.

춘보 171

"응 괜찮어."
"그래두 몸을 좀 사려요. 혹시 도지기나 허면 큰일이니……"
"뭐 이젠……"
 잠깐 동안 두 사람 사이에 말이 끊겼다가
"참 여보."
 하고 아낙은 생각난 듯이 다시 입을 열었다.
"맹서방이 포두청에 잡혀갔다는구료?"
"맹서방?"
"왜 우리 느릿굴 살제 앞뒷집이 격장 해 지내든 사람 있지 않수?"
"생각이 안 나는데……"
"아아니 왜 사람이 어찌 얌전허구 순헌지 동네서들 샌님맹꽁이라구 허든…… 왜 저— 사동 김판서 댁에 드나들든……"
"오—라 맹서방 맹서방…… 그 기집이 어느 눔허구 배가 맞어 야반도주를 했다는……"
"그래 그 맹서방 말이야. 기집 잃구 한때는 아주 실성을 허다싶이 돼서 그 과부어머니가 조옴 애를 태구 지냈수?"
"참 그랬지…… 그런데 그 사람이 대체 이번에 무슨 일을 저질렀기에……"
 아무 다른 일이 아니었다. 단지 술 먹고 입 한번 잘못 놀린

탓이었다.

 지난 삼월달 경복궁 앞 의정부를 수리하는 중에 우물 속에서 나왔다는

"계말갑원(癸末甲元). 신왕수등(新王雖登). 국사우절(國嗣又絶). 가불구재(可不懼哉). 경복궁전(景福宮殿). 갱위창건(更爲創建). 보좌이정(寶座移定). 성자신손(聖子神孫). 계계승승(繼繼承承). 국조경연(國祚更延). 인민부성(人民富盛)."

 이라는 소위 '동방노인비결(東方老人秘訣)'이라는 것을 비웃은 죄였다.

 그것이 대원군의 비계(秘計)로 하여 생겨났다는 것쯤 이 나라 백성치고 아마 모르는 이는 없으리라. 그것을 맹서방은

"눈감구 아옹두 분수가 있지 그 속에 넣어둔 게 어딜 가? 우물 치면 도루 나올 거야 정헌 이치 아닌가?"

 그 신기하지도 아무렇지도 않은 누구나 다 알고 있는 소리를 술김에 한마디하고 그대로 좌포청으로 붙들려간 것이었다.

 붙들려가서 싸다. 입 있다고 무슨 말이나 함부루 하는 것이냐? 그러나 붙들려간 놈은 원 지은 죄가 있으니 어쩔 수 없다고도 하겠지만 단지 아들 하나 의지하고 살아오던 과부 어미의 신세가 그게 무엇이란 말이냐?

 며칠씩 좌포청 앞에가 장을 대구 서서 그저 관원들이 드나들 때마다 부디 내 자식 내놔달라고 얼굴이라도 한번 보게

하여달라고 비두발괄을 하다가 이 가엾은 늙은이는 시끄럽다고 뺨도 여러 번 얻어맞었고 성가시게 왜 이러느냐고 발길에도 수없이 걷어채였다.
"원 그런…… 그래 도무지 일가붙이라군 없나?"
"아마 없다나봅디다."
"어디 연줄루 청 넣어 볼데두 없구?"

그러지 않아도 무슨 그런 수가 있을까 하여 오늘 그처럼 삼청동 막바지까지 찾아올라온 그였다. 암만을 포도청 앞에 가 지켜 서본댔자 아무 뾰죽한 수가 없다고 깨달았을 때 그는 그제야 전에 아들과 함께 사동 김판서 댁에를 드나들었다는 사람이 여기 복주우물께 살고 있다는 사실을 생각해낸 것이다.

'오—라 참 맹서방이 김판서 댁엘 드나들었댔지? 그럼 됐구면. 진작 그 생각을 할 께지……'

춘보는 그 불쌍한 늙은 어머니가 한때 그렇게 믿었던 것처럼 자기도 맹서방이 곧 내일이라도 백방이 되어 나올 듯이 마음에 좋았다.

그러나 아낙의 말은—아니 그 아들의 친구 된다는 자의 말은 참으로 뜻밖이었다.

발뺌을 하느라 하는 수작인지는 몰라도 이번 경복궁 대궐 역사하는 데 원체 세상에 말들이 많아 그래 운현대감이 포도청에 분부를 내리고 이러니저러니 주둥아리를 놀리는 놈은 한놈도 용서를 말랬으니까 여간한 청 가지고는 도무지 어림이 없는 일이오 또 김판서대감으로만 하더라도 그게 다 전에 말이지 지금은 세상이 바뀌어 아무 권세가 없는 터이라고

"원 으쩌다 그런 말을…… 아무리 취중이기루서니……,"

하고 그러한 말만 몇 번씩 뇔 뿐이오 아무 소용이 없는 일이라도 괜찮으니 김판서 댁에를 같이만 가달라고 대감께 말씀은 이 늙은이가 드릴게 그저 잠깐 만나뵙게만 하여달라고 암만 졸라도 그는 끝끝내 들어주지를 않더라는 것이다.

춘보는 포도청으로 끌려 들어가 가진 욕 다 보고 있을 맹서방과 거의 실성을 하여 거리로 갈팡질팡하고 있는 그의 늙은 어머니를 생각하고 그 마음이 한껏 어두웠다.

긴 이야기를 마치고 아낙은 반은 혼잣말같이

"아까 밥그릇 갖다 주러 나갔다 우물 앞에서 그 할머니를 만나 으찌나 가엾은지 나두 거치 붙들구 우느라……"

하다가 문득 생각난 듯이 춘보 편으로 고개를 돌리며

"참 임자두 제발 조심해요."

한다.

"나아 어딜 가면 무슨 말이……"

"아암 맑은 정신으루야 그렇지만 똑 술이 취하면 아주 딴사람이 돼버리니까 그래 말이지. 정말이지 조심해요."

"………"

"참 신서방이 그이가 술이 아주 고랜데…… 그이 따러댕기

는 것두 생각허면 걱정이유. 부디 술 많이 먹지 말어요."
"아 염네 없대두……"
 춘보는 하품을 한번 하고 바람벽으로 향하여 돌아 들어 누으며 속으로
'참 술 먹어본 지두 오랜걸……?'
하였다.

5

 그 이튿날 저녁때 춘보는 오라를 지고 키가 구척 같은 포교에게 등덜미를 잡혀 좌포청으로 끌려갔다. 아낙이 그처럼 몇 번씩이나 당부를 하였건만 그것을 저버리고 입을 마구 놀리다가 마침내 이렇듯 포도군사에게 걸린 춘보가 딱하다.
 역시 술 탓이었다. 잿골 정참봉 집에서 일을 하고 돌아오는 길에 그러지 않아도 춘보 자신 오래간만에 한잔하고 싶은 생각이 간절하였던 터이다. 신서방이 이끄는 대로 골목 안 용수 달린 집을 찾어든 것이 애당초에 잘못이다. 그것도 막걸리나 두어 사발 들이켜고 돌아섰더면 아무 일 없을 것을 주인이 썩 좋은 소주가 있다는 통에 문제는 커진 것이다.
 사실 소주는 좋았다. 춘보도 술은 제법 하는 편이지만 신서방은 그야말로 고래다.

"어서 들게. 오늘은 우리 어디 한번 취토록 먹어보세나."
"좋은 말이유 우리가 살면 몇백 년을 살겠수? 제—길헐 놈의 것!"

그래 그저 권커니 작커니 두 사람은 자꾸 퍼부었다.

신서방이야 평시에도 좀 수다스러운 편이라 말할 것도 없지만 춘보는 그의 아낙의 말마따나 술만 취하면 아주 딴 사람이 된다. 평소에 도무지 말이라고는 없는 위인이 도리어 그렇기 때문에 한번 술만 들어가고 보면 된 소리 안 된 소리 지질더분하게 늘어놓는 사설이 참말 가관이었다.

요사이 가뜩이나 벌이가 시원치 못한데 부역을 나가면 그동안은 뭘 먹고 지내느냐는 사정…… 며칠 안 있어 집이 그에 헐리고 말 모양이니 그렇게 되면 어데로 가느냐는 걱정—거기까지는 그래도 괜찮았는데

"그래 동관 대궐이면 족하지 나라에 둔두 없다며 원납전(願納錢)입네 부역입네 허구 만백성의 등골을 뽑아가며 경복궁 대궐은 또 뭣 허러 짓는 게야?"

그 말에서 끝끝내 동리가 났다.

한창 기가 나서 늘어놓는데 난데없이 등뒤에서

"이놈아! 아가리 좀 그만 닫쳐!"

하고 벽력 같은 소리가 나기에 깜짝 놀라 돌아다보니 이제까지 어깨를 맞부비고 술을 먹으며 그뿐인가 가끔 자기 말에 맞장구까지 치고 하던 '딱부리눈'이 그가 좌포청 포교일줄이

야 누가 뜻하였으랴?

 그러나 춘보는 제 자신이 생각을 하여도 고이하도록 겁은 조금도 안 났다. 오직 울화만 복받쳤다. 그는 어느 틈에 두 손이 오랏줄에 잔뜩 묶인 것도 깨닫지 못하고
"뭐라구? 이눔아…… 그래 내가 글른 소리 했니? 난 바른 소리밖엔 안 했다! 운현대감이 아무리 상감님 아버지래두 잘못하는 거야 잘못헌다지 그럼 뭐래야 네 직성이 풀리겠니? 그걸 이눔아! 늬가 중뿔나게 나설 께 뭬 있느냐 그 말이다!"

 눈을 딱! 부릅뜨고 소리를 고래고래 지르니까 '딱부리눈'도 하 기가 차든지
"이 자식이 죽질 못해 몸살이 난 게야!"

 하고 껄껄 웃으며 문득 옆을 돌아보고
"여게 동관 그 자식 우는 소리 그만 듣구 어서 데리구 가세!" 한다.

 그제야 춘보가 깨닫고 그 편을 보니 곁에 포교 한 놈이 또 서 있는데 그놈 앞에가 텁석부리 신서방이 오라를 진 채 털버덕 땅에가 주저앉아
"제―발 살려줍쇼! 전 암말 안 했습니다! 전 정말이지 아무 죄두 없습니다!"

 하고 새파랗게 질린 얼굴이 아주 울가망이 되어 빌고 있는 것이다.

 '원 고작 해야 죽기밖에 더 하랴? 그것두 한 번 죽지 두 번

죽나?……'

 춘보는 신서방의 그렇듯이나 변변치 못한 꼴이 보기에 더럽고 밉살스러워
 "에—끼 이……"
 하고 욕을 하려다 '딱부리눈'에게 등을 떠다밀려 밖으로 나왔다. 나와서 보니 그곳이 바로 파자교(芭子橋)라 좌포청에 끌려 들어가기 꼭 좋은 곳에서 술을 먹은 폭이었다.
 춘보는 포청으로 끌려 들어가자 곧 남간(南間)에가 갇히는 바 되었다. 워낙 중한 죄인이라 대원위대감이 이제 몸소 나와서 문초를 받으리라는 것이다.
 '그럼 그래두 좋다! 직접 대구 헐말이나 다해보자……!'
 그는 혼자 고개를 끄떡이고 주위를 둘러보았다.
 간 속은 코를 베어가도 모르게 어두웠다. 그 어둠 속에 다만 이 구석 저 구석에서 듣기에 애처로운 신음 소리만이 들려왔다. 춘보는 부질없이 몇 번인가 그 안을 두리번거려보다가 문득 생각해내고
 "맹서방!"
 하고 불러보았다. 그러나 대답이 없다. 다시 한번
 "맹서방!"
 하였다. 그러나 맹서방은 대답이 없고
 "아빠! 우리 여깄수!"
 하는 소리는 뜻밖에도 큰딸 순이의 음성이다.

춘보 179

"순이냐? 또순이두 게 있니?"

하고 물으니까

"응. 엄마두……"

한다.

어찌 된 영문을 몰라서 춘보는 잠깐 어리둥절하다가

'오—라. 집이 헐리게 됐으니까 모두 이리루들 왔구나! 아무데서나 살면 그만이지……'

그렇게 생각을 하려니까 온몸이 긴장이 일시에 풀어져서 춘보가 아무렇게나 그곳에가 쓰러져 마악 잠이 들려는데

"일어나라 일어나! 이놈아! 무슨 잠이야?"

하고 누군지 어깨를 막 잡아 흔든다.

—깨어보니 꿈이었다.

"원 무슨 잠을 그렇게 자우? 신서방 올 때 됐수. 어서 일어나우."

아낙은 그가 눈을 뜨는 것을 보자 일어나 다시 밖으로 나갔다. 춘보는 어인 까닭도 없이 머리를 긁고 쩝 입맛을 다셨다.

신서방이 찾아온 것은 마침 춘보가 죽 한 그릇을 다 먹고 막 숟가락을 놓았을 때다.

"예— 나가요."

하고 춘보가 마루 구멍에 들어간 짚신짝을 찾아 신으려니

까 아낙은 마루 끝에가 서서 물끄러미 그의 모양을 지켜보고 있다가 딴때 없이 은근한 목소리로

"제발 조심해요!"

한다.

무슨 뜻인지를 얼른 모르겠어서 춘보는 잠깐 어리둥절한 채 아낙의 얼굴을 치어다보았다.

"술 먹지 말구 일즈거니 들어오. 먹게 되드래두 많인 먹지 말구……"

춘보는 그제야

"응, 응!"

고개를 끄덕이고

"염례 말어!"

한마디 덧붙인 다음에 밖으로 나가려다 문득 다시 고개를 돌렸다.

"순이야. 너 오늘 산에 가서 냉이 좀 많이 해오너라."

춘보는 오늘은 기어코 모시조개를 사가지고 들어올 결심이었던 것이다.

해설

이념을 아우르는 문학 의식

최 혜 실

 문학 용어는 대부분 자생적으로 나타나 긴 세월 동안 변모해왔기 때문에 정확하게 정의를 내릴 수 없는 경우가 많다. 어떤 경우는 다른 용어와 겹쳐지기도 하고 어떤 경우는 원래의 뜻과는 전혀 다르게 변하기도 한다. 우리가 흔히 사용하는 '리얼리즘' '모더니즘'의 개념만 해도 그렇다. 처음에 '리얼리즘'은 단순히 사물을 모방한다는 뜻으로 시작되었다. 그러나 단순히 사물을 흉내내는 것만으로는 진정한 예술이 될 수 없다는 것을 깨달은 문학가(예술가)들은 자신이 중요하다고 생각하는 면을 강조해야만 진정한 예술이 될 수 있다고 주장한다. 더 나아가 이념의 모방, 있어야 할 당위의 세계로 나아가는 과정을 재현하는 것이 진짜 리얼리즘 문학이라는 주장까지 나오고 있다. 이쯤 되면 모방이라는 개념이 희미해지고 있다고까지 볼 수 있다.

모더니즘의 경우도 이런 혼란은 마찬가지이다. 원래 현실을 추상화한다는 개념에서 나왔으나 현대에 이르러 초현실주의·다다이즘·아방가르드·데카당스·키치·포스트모더니즘·심리소설 등 무수한 용어들이 모더니즘과 연관되면서 그 범위를 확장해놓고 있다. 이쯤 되면 어떤 문학적 경향을 굳이 규정지어 이름을 붙이는 것 자체가 무의미하게 된다.

그러나 이렇게 개념이 불명확함에도 불구하고 우리가 작품을 대할 때 이 소설은 리얼리즘적이고 저 소설은 모더니즘적 특징을 띠고 있다고 감지할 수 있는 것도 또한 사실이다. 이것은 결국 그 경계선은 모호하나 그런 경향이 분명히 존재한다는 사실을 증명하는 것이다.

단순하게 말한다면 대체로 리얼리즘 문학은 현실 세계를 재현하려는 경향이 강하고 모더니즘 문학은 인간의 정서를 중시 여기면서 언어 자체의 아름다움을 추구하려는 경향이 있다. 여기에 하나 더 덧붙이면 모더니즘은 근대 산업 사회와 밀접한 관계를 지닌다. 현대 사회는 기술·산업적 복합체로 점차 거대하고 고도로 분할된 존재로 발전하면서 원래 소규모 공동체에서 자신의 정체성 및 뚜렷한 경험을 갖고 살던 인간은 사회를 낯설고 이상하게 느끼게 된다. 현대인은 전체 사회를 파악하지 못하고 부분적으로만 연관되어 있을 뿐이다. 따라서 작품에 나타나는 사회는 추상적이며 등장인물들은 상실감과 소외감을 드러낸다.

이런 징후를 상징적으로 잘 드러내는 것이 도시와 군중의 관계이다. 현대 산업 사회에서 복잡한 대중 교통 수단과 익명의 군중들, 건물과 복잡한 도로망들을 한 개인이 구체적으로 다 파악할 수는 없는 것이다. 또한 군중들의 개인적 사실들, 성장 배경, 성격들을 알 수도 없다. 때문에 군중들을 일일이 알려고 하기보다는 하나의 덩어리로 생각하고 기계적으로 반응해버린다.

이런 고독한 현대인의 모습을 너무도 잘 그려낸 것이 「소설가 구보씨의 일일」이다. 이 소설은 작가의 분신 격인 소설가 구보가 정오에 집을 나와 서울 거리를 배회하다가 새벽 2시에 집으로 다시 돌아가는 구조로 되어 있다. 이 과정에서 작가는 1930년대 경성이라는 도시의 모순과 당시 한국 지식인의 고뇌를 담아내고 있다.

한일 합방 후 경성은 단순히 식민지의 지방 수도로 그 기능과 규모가 축소되었으나 1930년대 이후 이곳은 일본이 대륙을 침략하기 위한 기지로 주목받기 시작했다. 이리하여 새로운 도시계획령이 발표되고 이것에 따라 경성은 외관상으로 근대 도시의 면모를 갖추게 되었다. 그러나 이 도시화는 당시 한국인들의 생활 방식, 수준 등을 무시한 채 진행된 것이어서 사회 시설이 정비되거나 생활의 편의가 향상되는 긍정적인 측면보다 범죄율이 증가하거나 새로운 상가들이 들어서는 와중에 중소 상인들이 몰락하고 시민들의 부담이 증가하는 한편 인구의 도시 집중으로 실업자가 크게 늘어나는 부정적인 결과들이 나타난다. 특히 지식인의 실업률은 심각하였다. 높은 교육열로 한국에 지식인이 양산되었으나 근대적 산업이 제대로 발달되지 않은 상황, 한인 차별 때문에 지식인은 설자리를 찾을 수 없었다. 이런 상황에서 한국 지식인들은 물질적으로나 정신적으로 만족하지 못하고 소외감을 느끼게 된다.

「소설가 구보씨의 일일」은 이런 경성의 도시화와 모순을 지식인의 시선에서 잘 담아내고 있다. 소설 전반에는 '행복'과 '고독'이라는 두 대립축이 지속적으로 나타난다. 하루하루의 도시 생활에 열중하는 평범한 군중들의 의식이 '행복'이라면 식민지 지식인으로서 현실의 모순을 느끼며 생활에 열중하는 군중과 고립되어 도심을 산책하는 자신의 의식은 '고독'으로 대비된다. 그는 일상인의 평범한 생활을 한편으로는 긍정한다. 어머니가 구보 자신에게 바라는 결혼이란 행복, 화신상회의 젊은 가족들의 행복, 가난한 소녀의 옷과 시계에 대한 욕망, 옛 동창의 속물 근성들은 나름대로의 가치를 지니고는 있다. 그러나 결국 그들은 산업 발전이 가져다 준 제도적 운용 방법을 배움으로써 생활의 안정을 누리고는 있으나 그 제도 속에 빠져 그것의 진실한 의미와 모순을 자각하지 못하고 폐쇄성 속에 빠져버린 평균인에 불과한 것이다.

게다가 당시 경성에는 긍정적인 부분보다는 어두운 부분이 더 많았다. 작품 속에 형상화된 경성역은 르네상스식 건축으로 웅장함과 우아함을 자랑하던 당시의 대표적 건물이자 하루 일만 명의 승객을 수송하여 도시 교통의 상징적인 존재로 군림하고 있었다. 일제 강점기의 철도역은 근대화와 식민 통치의 양면적 의미를 띠고 있는 곳이다. 이곳은 물자와 문명이 들어오는 통로이자 몰락한 농민과 도시 실업자들의 집합소이다. 작가는 이곳을 배회하는 지게꾼과 유랑하는 무리, 시골 노파의 굳은 표정, 중년 시골 신사의 거만함 등으로 이 양면성을 형상화하고 있다.

「소설가 구보씨의 일일」의 주인공 구보는 일제 강점기 지식인의 이중적 위치를 잘 드러내고 있는 룸펜 인텔리겐치아이다. 그런데 이런 유형의 지식인상은 좀더 현실적인 모습으로 「딱한 사람들」에서 묘사된다. 이 소설은 동경을 배경으로 궁핍에 시달리는 순구와 진수, 두 실직 지식인의 절망과 무기력한 삶을 다루고 있다. 작가는 집을 나온 진수와 온종일 방안에 누워 있는 순구의 내면 세계를 일곱 단락으로 나누어 서술하고 있는데 신문의 광고를 그대로 싣고 5-2=3, 5-2=2+1 등의 수식을 소제목으로 사용하는 등 새로운 기법으로 이들의 절망적 의식을 효과적으로 표현하고 있다.

둘은 원래 우정이 깊은 친구였으나 극도의 가난한 생활 때문에 서로에 대해 실망하고 짜증을 낸다. 건강이 좋지 않은 순구는 하루종일 방안에 누워 신문의 연재소설과 광고를 살펴본다. 그는 신문의 구인란을 보면서도 적극적인 구직 의지를 보이지 않으며 삶의 의지와 목표를 상실한 채 자의식에 매몰되어간다. 그는 자신을 두고 나가버린 친구 진수를 원망하니 진수 또한 온종일 외롭게 거리를 헤맨 자신을 외면하는 순구에 대해 섭섭해한다. 그러나 작품 끝에 둘은 남은 한 개비 담배를 나누어 피면서 화해한다.

「방란장 주인」은 일종의 예술가소설이라 할 수 있다. 폐업을 앞둔 다방 방란장 주인의 착잡한 심정을 묘사한 소설인데 구인회의 분위기가 잘 드러나는 모델소설이다. 이와 같은 계열에 속하는 작품으로 「애욕(愛慾)」을 들 수 있는데 여기서 작가는 이상의 여성 편력을 고현학(考現學)의 방법으로 소상하게 재현하고 있다. 사실 방란장의 주인에게서 우리는 당시 다방을 경영하였던 이상의 면모를 느낄 수 있다.

이 작품은 일정한 줄거리가 없이 현상들이 단편적으로 나열되어 있으며 소설 전체가 쉼표만 사용, 한 문장으로 처리되는 등 문학을 자율적인 예술가의 창조물로 보는 모더니즘의 창작 방법을 전형적으로 드러내고 있다. 일명 '장거리 문장'이라고 불려지는 이런 독특한 문장은 유동하는 인간의 내면 의식을 드러내는 데 효과적이다. 또한 문장을 의식적으로 파괴하고 새롭게 만드는 것은 모더니즘의 반전통, 실험 정신과 관련되는 것이기도 하다.

이미 「소설가 구보씨의 일일」에도 나타나 있다시피 그는 도시의 '일상성'에 대해 세세하고도 정확하게 지적하고 있다. 보통 일상의 생활·사상 등은 현상적인 것, 중요하지 않은 것, 덧없는 것으로 폄하되어왔다. 그러나 아무리 근원적이고 본질적인 것이라도 그것이 일상 속에 기반을 두고 있다는 것은 부인할 수 없는 사실이다. 더구나 현대에 이르러 일상성은 제도적이며 구조적으로 새롭게 부각되어왔다. 공업화의 대량 생산, 대중 사회로의 진입 때문에 일상성은 훨씬 조직화되고 제도화되었다. 종래 낮과 밤, 계절의 변화 속에서 반복을 느끼던 때와는 달리 이제 자연은 인간에게 멀어져 아침 9시부터 저녁 5시까지 8시간 노동이라는 추상적인 제도만이 인간에게 주어졌으며 생산적인 노동을 할 때조차도 분업으로 생산물과의 접촉이 사라졌다. 이런 도시 생활의 일상성을 박태원은 일찍부터 감지하여 그의 소설에 자신의 체험과 관찰에 의한 도시 서민들의 생활을 소상하게 그리고 있다. 그는 경성 다옥정, 지금의 청계천변에서 나고 자란 서울 토박이였다. 따라서 그의 작품에는 청계천변의 서민들의 삶이 상당히 구체적이고 정확하게 묘사되어 있다. 이 천변의 삶이 결집되어 씌어진 소설이 『천변풍경』이라는 장편소설이다. 여기에서 그는 청계천변을 배경으로 봄·여름·가을·겨울 계절의 순환에 따라 살아가는 서민들의 삶과 애환을 다루고 있다.

그런데 특이하게도 이 장편소설을 전후하여 여급의 문제를 다룬 소설들이 많이 발표되었다(실제로 박태원이 살던 다옥정에 여급들이 많이 살았고 이들의 삶은 『천변풍경』에 잘 묘사되어 있다). 이 소설들은 생활고 때문에 여급으로 나설 수밖에 없었던 상황이나 여급과 지식인과의 사랑을 주제로 하고 있는데 이를 통해 식민지 현실이 조명되고 있다. 궁핍한 당시의 상황에서 가난한 여성들은 생존을 위해 그런 직업을 가질 수밖에 없었다.

그 대표적인 작품인 「성탄제」는 생활고로 자매가 여급으로 전락하는 비극을 그린 작품이다. 이 소설은 동생 순이의 시각과 언니 영이의 시각으로 나누어져 서술되고 있다. 동생 순이는 여급이 되어 타락한 생활을 하는 언니를 비난하나 언니는 이에 맞서 가족 때문에 여급으로 나서야 했던 자신의 입장을 서술한다. 그러나 언니가 임신 때문에 바느질로 호구를 이어가자 결국 동생마저 여급으로 나선다. 그러나 작가는 이 상황을 무조건 비극으로 점철시키거나 시대 상황과 연결시켜 현실 비판으로 소설을 끌어가지 않고 인생의 작은 아이러니, 도시 서민의 애환의 수준에서 결말을 맺고 있다. 이것은 그가 현실 인식 능력이 부족하다거나 현실에 대해 타협을 했기 때문이라기보다는 일상 생활에 대해 충실히 묘사한 결과라고 보는 것이 옳을 것이다.

또 한 가지 주목할 점은 모더니스트 박태원이 역사소설의 싹이 보이는 작품을 이 당시에 썼다는 점이다. 그는 소외된 도시 서민의 모습을 개화기 이후 한국 근대사에 담아 만든 소설들을 썼는데 「낙조」와 「최노인전 초록(抄錄)」이 그것이다. 둘 다 같은 이야기를 다룬 것으로 앞의 것은 중편소설이며 뒤의 것은 제목 그대로 그 소설의 요약에 해당한다. 최노인은 예순아홉의 매약 행상인이지만 한때 관비 유학생이었다. 갑오년 청운의 뜻을 품고 일본으로 유학갔으나 시대의 변모에 적응하지 못하고 순검·간수·출찰꽤로 다시 매약 행상으로 전락하고 만다. 당시 경성의 거리에서 만날 수 있는 한 노인의 일상의 삶 속에 한국의 근대사를 그려내는 과정에서 우리는 박태원이 해방 후 역사소설로 변모할 수 있는 잠재력을 엿볼 수 있다.

문학의 자율성을 창작의 출발점으로 삼았던 박태원이 해방 후 당시 현실 상황과 역사에 관심을 가지고 좌익 활동을 했던 이유에 대해 어떤 필연적인 이유를 말한다는 것은 어려운 일이다. 그러나 몇 가지 점은 유추할 수 있다고 본다. 먼저 해방 후 문학의 중요한 과제는 식민지 시대의 청산과 새로운 민족문학의 모색이었다. 이런 시대의 분위기 속에서 일제말 어쩔 수 없이 친일 행위를 한 박태원으로서 반성의 의미에서라도 민족의 역사와 현실에 관심을 갖지 않을 수 없었을 것이다. 그리고 1930년대 모더니즘 문학을 제창했던 대다수의 문인들이 좌익 단체였던 '조선문학가동맹'에 참여하였고 특히 그 동맹에 주도적 역할을 했던 사람이 친구 이태준이었다는 점도 무관하지는 않을 것이다.

그러나 그가 리얼리즘 쪽으로 창작 방법을 변경했어도 해방 전과 다름없이 죽을 때까지 지속해나갔던 원칙이 있었음을 우리는 주목해야 한다. 그것은 글쓰기에 대한 철저한 인식과 현실에 대한 탄력적인 대응이었다. 그는 말년에 이르러 실명하여 글쓰기가 불가능해졌을 때도 구술을 해가며 창작 활동에 매달렸다고 한다. 또한 그는 월북 후 몇 년 간 교수 생활을 한 때를 제외하고는 작가 외의 직업을 가진 적이 없었다. 역사도 이념도 '글쓰기'에 우선할 수 없었다. 그리고 해방 후 그의 소설들에 등장하는 인물들에는 해방 전 소설에 등장했던 서민들의 모습이 담겨 있었다.

박태원이 해방 후 처음 발표한 「춘보」는 비록 단편이나마 그의 후기 역사소설의 출발점이 된다는 점에서 중요하다. 작가는 이 소설에서 궁궐 담 밑에 살고 있는 가난한 지게꾼 춘보를 중심으로 안동김씨가 쇠락하고 대원군이 정권을 잡았던 조선 말기, 민중들의 비참한 삶을 다루고 있다. 춘보는 성실하고 선량한 백성이지만 대신 행차 때문에 허리를 다쳐 벌이를 못 나가거나 경복궁 중건으로 하루아침에 살던 집에서 쫓겨나는 등 시대의 질곡과 모순 때문에 생활에 끊임없이 위협받고 있다. 그러나 춘보는 부분적으로 반봉건주의적인 의식을 보일 뿐 왜 그것이 일어나며 어떻게 극복되어야 하느냐는 데 대한 성찰은 보이지 않고 있다.

  그러나 이 사실로 박태원이 현실 인식이 부족하고 역사에 대해 전망이 부족하다고 비판할 수는 없다고 본다. 실제로 당시의 못 배운 백성들이 자신의 고통을 체제의 잘못이라고 파악할 수는 없지 않은가? 조선 말기 서민의 일상적인 삶에서 당시 현실적 모순의 한 면을 재현했다는 점에서 우리는 박태원 소설의 강점을 엿볼 수 있다. 그의 소설이 해방 전과 해방 후 현격한 변화를 보인 것은 사실이나 해방 후 소설을 면밀히 살펴보면 그 속에 이미 해방 전 소설에서 배태된 여러 요소들이 들어가 있다는 점을 발견할 수 있다. 그는 도시 서민의 일상을 즐겨 그렸고 「최노인전 초록」에서 볼 수 있듯이 조선 말기에서부터 한국의 근대화 과정에 대해 관심을 보이고 있다.

  이런 작가적 성실성이 그를 다른 이념의 세계 속에서도 살아남을 수 있도록 하는 원동력이 되게 한 것이라고 생각한다. 예를 들면 『갑오농민전쟁』에서 작가는 오히려 주관이 선명하지 않은 인물의 고민이나 삶을 형상화함으로써 역사소설이 주인공의 영웅화로 빠지거나 시대의 풍속사에 머물게 하는 한계를 벗어날 수 있었다. 그는 문학의 자율성과 사회적 실천의 문제, 작품의 창작 방법의 문제에 끊임없이 고민

해온 작가이다. 그리고 이 고민은 항상 자신이 작가로서 진실한가의 문제로 귀착되도록 했고 특정 이념이나 창작 방법에 매이지 않는 작품을 쓰게 했다.

작가 연보

1909(1세)

음력 12월 7일(양력 1월 6일) 서울 수중박골(지금의 수송동)에서 아버지 밀양 박씨와 어머니 남양 홍씨 사이에 4남 2녀 중 차남으로 태어남. 등 한쪽에 커다란 검은 점이 있어 어릴 때 점성(鮎星)이라 불리다가 열 살 때 태원(泰遠)으로 개명함.

1913(5세)

11월 21일 조모 장수(長水) 황씨(黃氏) 사망함.

1916(8세)

큰할아버지 박규형으로부터 천자문(千字文) 등 한문 수업을 받기 시작함.

1918(10세)

『춘향전』『심청전』『소대성전』 등을 탐독하고 고소설을 섭렵함. 경성사범부속 보통학교 입학.

1922(14세)

보통학교 제4학년 수료 후, 입학 시험을 보아 경성제일공립 고등보통학교 입학.

1923(15세)

『동명』 제33호의 소년칼럼란에 「달마지」란 작문이 뽑힘. 문학 서클을 만들어 창작 활동에 몰두함.

1926(18세)

의사인 숙부 박용남과 고모 박용일의 소개로 춘원 이광수에게 지도를 받게 됨. 제일고보 재학중이던 당시에 『조선문단』, 동아일보, 『신민』 등에 시와 평론을 발표하기 시작. 3월에 『조선문단』에 시 「누님」이 당선됨으로써 문단 데뷔. 고리키, 트루게네프, 톨스토이, 셰익스피어, 위고, 모파상, 하이네 등 서양 문학에 심취하기 시작.

1927(19세)

제일고보 휴학. 문학 활동에만 전념.

1928(20세)

아버지 사망. 소설 「최후의 모습」을 씀.

1929(21세)

경성제일고보 졸업 후, 일본으로 건너가 동경 법정대학 예과에 입학, 12월에 필명 박태원(泊太苑)으로 문단에 데뷔. 『신생』에 시 「외로움」을 발표하는 한편 동아일보에 소설「해하의 일야」등을 연재하기 시작.

1930(22세)

동경 법정대학 예과 2학년 중퇴 후 귀국하여『신생』10월호에 단편「수염」을 발표하여 본격적으로 문단에 데뷔함. 몽보(夢甫)라는 필명으로 수필 등을 꾸준히 발표.

1933(25세)

이태준 · 정지용 · 김기림 · 조용만 · 이상 · 이효석 등과 함께 문학 친목 단체인 '구인회'에 가담하여 활동함. 「반년간」「낙조」「옆집 색시」「피로」「오월의 훈풍」등 많은 작품을 발표.

1934(26세)

10월 27일 보통학교 교원인 김정애씨와 결혼.「딱한 사람들」(『중앙』),「소설가 구보씨의 일일」(조선중앙일보),「애욕」(조선일보) 등을 연재.

1935(27세)

조선중앙일보에 장편소설『청춘송』을 연재.『개벽』에 「깊은 어둠고」를 발표. 종로 6가로 분가함.

1936(28세)

1월 16일 오후 4시 15분 동대문 부인병원에서 맏딸 설영(雪英) 출생.『조광』에『천변풍경』을 연재.「방란장 주인」「비량」「진통」「보고」등 많은 소설을 발표.

1937(29세)

7월 30일 서울 관동 12번지 4호에서 둘째딸 소영(小英) 출생. 『조광』에 『천변풍경』을 연재. 「성군」을 『조광』에, 「성탄제」를 『여성』에 발표.

1938(30세)

「명랑한 전망」을 매일신보에 연재. 장편소설집 『천변풍경』과 단편소설집 『소설가 구보씨의 일일』을 출간.

1939(31세)

9월 27일(음력 8월 15일)에 서울 예지동 121번지에서 맏아들 일영(一英) 출생. 「이상의 비련」을 『여성』에 「윤초시의 상경」을 『가정(家庭)의 우(友)』에, 「골목 안」을 『문장』에 발표. 『지나소설집』(입문사)을 출간.

1940(32세)

서울 돈암동에 집터를 마련, 새로 집을 짓고 솔가하여 이사. 『문장』에 장편소설 『애경』을 연재.

1941(33세)

매일신보에 장편소설 『여인성장』을 연재하는 한편, 번역소설 『신역 삼국지』를 『신시대』에 연재함. 「투도」를 『조광』에, 「채가」를 『문장』에 발표.

1942(34세)

1월 15일 서울 돈암동 487번지 22호에서 둘째아들 출생. 『조광』에서 중국 소설 『수호전』을 3년에 걸쳐 연재.

장편소설집 『여인성장』(매일신보사)을 출간

1945(37세)

조선문학건설본부 소설부 중앙위원회 조직 임원으로 선정. 매일신보에 장편 『원관』을 연재하다 76회로 중단.

1946(38세)

『조선주보』에 장편 『약탈자』 연재.

1947(39세)

장편소설 『홍길동전』 출간. 7월 24일 셋째딸 은영(恩英) 출생.

1948(40세)

성북동으로 이사. 『이순신 장군』, 단편집 『성탄제』를 을유문화사에서 출간. 『금은탑』(한성도서) 출간. 『중국소설전 1』 『중국소설전 2』(정음사) 출간.

1949(41세)

조선일보에 『갑오농민전쟁』의 모태가 되는 「군상」을 발표(6. 15~1950. 2. 2)하다가 도중 하차.

1950(42세)

6·25 전쟁중 서울에 온 이태준·안회남·오장환을 따라 월북, 한국 전쟁중 종군 기자 활동을 함. 일본에서 서양화를 전공하고 해방 직후 최고의 미술 운동 이론가였던 남동생 문원, 숙명여고 졸업 후 좌익에 참여했던 여동생 경원, 맏딸 설영도 월북하여 평양서 재회.

1952(44세)

「조국의 깃발」을 『문학예술』에 발표. 임진 조국 전쟁 360년 기념 『리순신 장군전』(국립출판사) 출간.

1953(45세)

평양 문학대학 교수로 재직하며 국립고전 예술극장 전속 작가로 조운과 함께 『조선창극집』을 출간.

1955(47세)

정인택의 미망인 권영희와 재혼. 『리순신 장군 이야기』(국립출판사) 출간.

1956(48세)

남로당 계열로 몰려 숙청당해 작품 활동 금지됨. 『갑오농민전쟁』을 16부작으로 구상하고 농민 전쟁에 관련된 자료들을 수집, 정리하기 시작함.

1960(52세)

작가로 복귀. 「싸워라! 내 사랑하는 아들딸들아」를 문학신문(1960. 11. 29)에 발표. 『임진조국전쟁』(문학예술서적출판사), 『남조선 농민들의 비참한 생활 형편』(조선노동당출판사) 출간.

1961(53세)

「로동당 시대의 작가로서」(문학신문, 1961. 5. 1)를 통해 『갑오농민전쟁』의 구체적인 구상을 소개하고 본격적인 역사소설을 쓰겠다는 의지를 밝힘. 「옛친구에게 주는 글」(문학신문, 1961. 5. 26)을 통해 남한 정치를 비판함.

1962(54세)

문학신문에 「을지문덕」(5. 22), 「김유신」(5. 29~6. 11), 「김생」(6. 8), 「연개소문」(6. 15), 「박세상」(6. 19), 「구진천」(7. 6) 발표. 남쪽의 벗 작가 '정형'에게 보내는 편지 형식의 글인 「지조를 굽히지 말라」(문학신문, 12. 28) 발표.

1964(56세)

'혁명적 대창작 그루빠'의 통제 아래, 『갑오농민전쟁』의 전편에 해당하며 함평·익산 민란 등을 다룬 대하역사소설 『계명산천은 밝아오느냐』를 집필. 「삼천만 원 염원」(문학신문, 12. 24) 발표.

1965(57세)

망막염으로 실명.

1975(67세)

고혈압으로 전신 불수의 불운이 겹침.

1977(69세)

완전 실명과 전신 불수의 몸으로 동학 혁명을 소재로 한 대하소설 『갑오농민전쟁』을 구술로 받아 쓰게 하여 1986년 완성.

1986(78세)

북한 『조선문학』 7월호에 작가가 고혈압에 시달리다 7월 10일 오후 사망했다고 발표됨.

원문 출처

「소설가 구보씨의 일일」―조선중앙일보, 1934. 8. 1~9. 1; 『소설가 구보씨의 일일』, 문장사, 1938.
「딱한 사람들」―『중앙』, 1934. 9; 『소설가 구보씨의 일일』, 문장사, 1938.
「방란장 주인」―『시와 소설』, 1936. 3; 『소설가 구보씨의 일일』, 문장사, 1938.
「성탄제」―『여성』, 1937. 12; 『소설가 구보씨의 일일』, 문장사, 1938.
「최노인전 초록」―『문장』, 1937. 9; 『박태원 단편집』, 학예사, 1939.
「춘보」―『신문학』, 1946. 8.

문지스펙트럼

제1영역 한국 문학선

1-001 별(황순원 소설선/박혜경 엮음)
1-002 이슬(정현종 시선)
1-003 정든 유곽에서(이성복 시선)
1-004 귤(윤후명 소설선)
1-005 별 헤는 밤(윤동주 시선/홍정선 엮음)
1-006 눈길(이청준 소설선)
1-007 고추잠자리(이하석 시선)
1-008 한 잎의 여자(오규원 시선)
1-009 소설가 구보씨의 일일(박태원 소설선/최혜실 엮음)
1-010 남도 기행(홍성원 소설선)
1-011 누군가를 위하여(김광규 시선)
1-012 날개(이상 소설선/이경훈 엮음)
1-013 그때 제주 바람(문충성 시선)
1-014 보이는 것을 바라는 것은 희망이 아니므로(마종기 시선)
1-015 내가 당신을 얼마나 꿈꾸었으면(김형영 시선)

제2영역 외국 문학선

2-001 젊은 예술가의 초상 1(제임스 조이스/홍덕선 옮김)

2-002　젊은 예술가의 초상 2(제임스 조이스/홍덕선 옮김)
2-003　스페이드의 여왕(푸슈킨/김희숙 옮김)
2-004　세 여인(로베르트 무질/강명구 옮김)
2-005　도둑맞은 편지(에드가 앨런 포/김진경 옮김)
2-006　붉은 수수밭(모옌/심혜영 옮김)
2-007　실비·오렐리아(제라르 드 네르발/최애리 옮김)
2-008　세 개의 짧은 이야기(귀스타브 플로베르/김연권 옮김)
2-009　꿈의 노벨레(아르투어 슈니츨러/백종유 옮김)
2-010　사라진느(오노레 드 발자크/이철 옮김)
2-011　베오울프(작자 미상/이동일 옮김)
2-012　육체의 악마(레이몽 라디게/김예령 옮김)
2-013　아무도 아닌, 동시에 십만 명인 어떤 사람
　　　　(루이지 피란델로/김효정 옮김)
2-014　탱고(루이사 발렌수엘라 외/송병선 옮김)
2-015　가난한 사람들(모리츠 지그몬드 외/한경민 옮김)
2-016　이별 없는 세대(볼프강 보르헤르트/김주연 옮김)
2-017　잘못 들어선 길에서(귄터 쿠네르트/권세훈 옮김)
2-018　방랑아 이야기(요제프 폰 아이헨도르프/정서웅 옮김)
2-019　모데라토 칸타빌레(마르그리트 뒤라스/정희경 옮김)
2-020　모래 사나이(E. T. A. 호프만/김현성 옮김)
2-021　두 친구(G. 모파상/이봉지 옮김)
2-022　과수원/장미(라이너 마리아 릴케/김진하 옮김)
2-023　첫사랑(사무엘 베케트/전승화 옮김)
2-024　유리 학사(세르반테스/김춘진 옮김)
2-025　궁지(조리스 칼 위스망스/손경애 옮김)
2-026　밝은 모퉁이 집(헨리 제임스/조애리 옮김)
2-027　마틸데 뫼링(테오도르 폰타네/박의춘 옮김)
2-028　나비(왕멍/이욱연·유경철 옮김)

제3영역 세계의 산문

3-001 오드라덱이 들려주는 이야기(프란츠 카프카/김영옥 옮김)

3-002 자연(랠프 왈도 에머슨/신문수 옮김)

3-003 고독(로자노프/박종소 옮김)

3-004 벌거벗은 내 마음(샤를 보들레르/이건수 옮김)

3-005 말라르메를 만나다(폴 발레리/김진하 옮김)

제4영역 문화 마당

4-001 한국 문학의 위상(김현)

4-002 우리 영화의 미학(김정룡)

4-003 재즈를 찾아서(성기완)

4-004 책 밖의 어른 책 속의 아이(최윤정)

4-005 소설 속의 철학(김영민·이왕주)

4-006 록 음악의 아홉 가지 갈래들(신현준)

4-007 디지털이 세상을 바꾼다(백욱인)

4-008 신혼 여행의 사회학(권귀숙)

4-009 문명의 배꼽(정과리)

4-010 우리 시대의 여성 작가(황도경)

4-011 영화 속의 열린 세상(송희복)

4-012 세기말의 서정성(박혜경)

4-013 영화, 피그말리온의 꿈(이윤영)

4-014 오프 더 레코드, 인디 록 파일(장호연·이용우·최지선)

4-015 그 섬에 유배된 사람들(양진건)

4-016 슬픈 거인(최윤정)

4-017 스크린 앞에서 투덜대기(듀나)

4-018 페넬로페의 옷감 짜기(김용희)

4-019 건축의 스트레스(함성호)

4-020 동화가 재미있는 이유(김서정)

제5영역 우리 시대의 지성

5-001 한국사를 보는 눈(이기백)

5-002 베르그송주의(질 들뢰즈/김재인 옮김)

5-003 지식인됨의 괴로움(김병익)

5-004 데리다 읽기(이성원 엮음)

5-005 소수를 위한 변명(복거일)

5-006 아도르노와 현대 사상(김유동)

5-007 민주주의의 이해(강정인)

5-008 국어의 현실과 이상(이기문)

5-009 파르티잔(칼 슈미트/김효전 옮김)

5-010 일제 식민지 근대화론 비판(신용하)

5-011 역사의 기억, 역사의 상상(주경철)

5-012 근대성, 아시아적 가치, 세계화(이환)

5-013 비판적 문학 이론과 미학(페터 V. 지마/김태환 편역)

5-014 국가와 황홀(송상일)

5-015 한국 문단사(김병익)

5-016 소설처럼(다니엘 페나크/이정임 옮김)

5-017 날이미지와 시(오규원)

5-018 덧없는 행복(츠베탕 토도로프/고봉만 옮김)

5-019 복화술사들(김철)

5-020 경제적 자유의 회복(복거일)

제6영역 지식의 초점

6-001 고향(전광식)

6-002 영화(볼프강 가스트/조길예 옮김)

6-003 수사학(박성창)

6-004 추리소설(이브 뢰테르/김경현 옮김)

6-005 멸종(데이빗 라우프/장대익·정재은 옮김)

6-006 영화와 음악(구경은)

제7영역 세계의 고전 사상

7-001 쾌락(에피쿠로스/오유석 옮김)

7-002 배우에 관한 역설(드니 디드로/주미사 옮김)

7-003 향연(플라톤/박희영 옮김)

7-004 시학(아리스토텔레스/이상섭 옮김)